Kommissar Schlotterteich
Seine besten Rätselfälle

Christian Tielmann wurde 1971 in Wuppertal geboren. Er studierte Philosophie und Germanistik in Freiburg und Hamburg. Heute lebt er in Köln und schreibt sehr erfolgreich Kinder- und Jugendbücher, die in mehr als 20 Sprachen übersetzt und mehrfach ausgezeichnet wurden.

Heribert Schulmeyer, geboren 1954, studierte Illustration und freie Grafik in Köln, wo er heute noch lebt und arbeitet.

Christian Tielmann

Kommissar Schlotterteich

Seine besten Rätselfälle

Mit Illustrationen
von Heribert Schulmeyer

CARLSEN

Weitere Bücher von Christian Tielmann im Carlsen Verlag:
Kommissar Schlotterteich: Watch out! – In London auf Verbrecherjagd
Hier ist was foul! – Ein Fuflballrätselbuch
Himmelhochhoppla – Zehn ziemlich weihnachtliche Geschichten
Max-Erzählbände

MIX
Papier aus verantwortungsvollen Quellen
FSC® C014496
FSC
www.fsc.org

Sonderausgabe
Veröffentlicht im Carlsen Verlag
Juni 2015
Die Geschichten wurden aus folgenden Bänden entnommen:
Ertappt! (CTB 187)
Erwischt! (CTB 192)
Geschnappt! (CTB 426)

Umschlagbild: Heribert Schulmeyer
Umschlaggestaltung: formlabor
Corporate Design Taschenbuch: bell étage
Druck und Bindung: GGP Media GmbH, Pößneck
ISBN 978-3-551-31427-7
Printed in Germany

Inhalt

Kommissar Schlotterteich

Peter Schlotterteich ist ein alter Hase bei der Polizei. Er hat schon so manchen Schwerverbrecher hinter Gitter gebracht. In dringenden und sehr komplizierten Fällen rufen die Kollegen von der Polizei auf seinem roten Telefon an. Wenn das klingelt, lässt Kommissar Schlotterteich alles stehen und liegen und ist den Verbrechern auf der Spur.

Oma von Runzelsteins Rente

»Hilfe! Ich bin bestohlen worden!« Oma von Runzelstein stand vor der Post und hatte Tränen in den Augen. »Der Mistkerl hat mir die ganze Rente geklaut!«
»Das ist ja wohl das Letzte!« Schlotterteich zeigte seine Polizeimarke vor. »Können Sie den Dieb beschreiben?«
Aber Oma von Runzelstein schüttelte den Kopf. »Das ging ja alles viel zu schnell.«
Ein kleines Mädchen zupfte Schlotterteich am Ärmel und reichte ihm einen Kamm: »Den hat der Dieb verloren!«
Schlotterteich pfiff durch die Zähne. »Es geht eben nichts über eine ordentliche Spurensicherung«, murmelte er.
Das hatte schon der argentinische Ururgroßonkel von Schlotterteichs Frau, Onkel Alvarez, immer gesagt. Und der musste es wissen, schließlich war Onkel Alvarez der erste Polizist gewesen, der einen Fingerabdruck als Beweismittel sichergestellt hatte.
Was Schlotterteich unter seiner Lupe betrachtete, war zwar kein Fingerabdruck, aber fast so gut wie einer: Der Kamm des Täters hatte nur noch ein paar Zinken. Aber zwischen der zweiten und drit-

1A FOTOS
SUPER SONDER ANGEBOT

ten Zinke hing ein Büschel schwarzer, lockiger Haare.
»Das ist doch schon mal was.« Schlotterteich nickte dem Mädchen zu. »Das hast du gut gemacht. Jetzt verrate mir nur noch, wo der Mann hingerannt ist.«
»Da lang!« Das Mädchen und Oma von Runzelstein zeigten in dieselbe Richtung.
Schlotterteich rannte los. Das konnte ja nicht so schwer sein, den Schuft zu finden, der Oma von Runzelstein die Rente gestohlen hatte.
Aber um ein Haar wäre der gemeine Taschendieb Schlotterteich doch noch entwischt.
Warum?

Die geklaute Glotze

»Haltet die Diebe! Die mit den Schweinemasken!«, rief ein Mann, der an Schlotterteich vorbeirannte. Der Kommissar packte seine Aktentasche fester und sprintete hinter dem Mann her.
»Wen suchen Sie?«, fragte Schlotterteich, als er den Mann eingeholt hatte.
Nebeneinander rannten sie um die nächste Ecke.
»Die zwei Kerle, die mir einen Fernseher geklaut haben.« Der Mann blieb vor einer Mülltonne stehen. »Verflixte Kiste – wo stecken die? Die hatten ganz auffällige Schweinemasken auf.«
»Etwa diese?« Schlotterteich zog zwei Masken aus einer Mülltonne.
Der Mann vom Fernsehgeschäft erbleichte. »Genau die waren es.«
Schlotterteich sah sich um. Mit einem Fernseher als zusätzlichem Ballast konnten die beiden Halunken eigentlich nicht schwer zu finden sein. Außerdem kamen sie ja nicht schnell vom Fleck.
»Laufen Sie links lang. Ich übernehme den rechten Flügel«, sagte Schlotterteich und rannte weiter. Aber an der nächsten Ecke hatten die Kerle die Glotze einfach stehen lassen.

Schlotterteich seufzte. »Immerhin haben wir den Fernseher wieder«, murmelte er und rannte weiter.
»Entschuldigen Sie. Sind hier zwei Leute vorbeigerannt?«, fragte Schlotterteich zwei junge Männer.
»Die beiden, die da vorne die Glotze hingestellt haben?«, fragte der eine.
Schlotterteich nickte.
»Ja klar, die haben wir gesehen«, sagte der zweite junge Mann. »Die haben sich hier getrennt. Der eine ist mit der Rolltreppe runter ins Erdgeschoss gesaust.«
»Und der andere hat den Fahrstuhl genommen«, sagte der zweite junge Mann.
Schlotterteich schwitzte. Dann schlug er sich mit der flachen Hand vor die Stirn.
»Wie konnte ich nur so blind sein?« Er zückte die Handschellen.
Wen wird der Kommissar verhaften?

Sabrina ist entwischt

»Verflixte Kiste!«

Sabrina, die raffinierte Meisterin der Schmuggler, war zufällig vor Schlotterteichs Nase aufgetaucht. Sie war ihm praktisch in die Arme gelaufen. Aber der Kommissar war so verdutzt gewesen, dass sie ihm gleich wieder entwischt war. Niemand hatte den schwarzen Lockenkopf irgendwo gesehen.

Schlotterteich untersuchte die Stelle, an der sie ihm entwischt war, noch einmal genauer. Auf den ersten Blick sah er nichts Verdächtiges. Aber als er seine Lupe zur Hilfe nahm und sich bis zum Boden hinunterbückte, entdeckte er doch noch etwas: eine Zigarettenkippe. Es war keine gewöhnliche Kippe. Es war der Rest einer Zigarette der Marke »Bogor 17«. Und diese Selbstgeschmuggelten rauchte außer Sabrina in ganz Europa kein Mensch.

Der Kommissar steckte das Beweismittel in seine Jackentasche und betrachtete den Fundort genauer: Die Kippe lag direkt vor einem unglaublich unordentlichen Schaufenster: »Theaterbedarf – Kostüme – Licht« stand über der Tür.

Entschlossen betrat Schlotterteich den Laden. Der Besitzer musste Sabrina gesehen haben!

»Was kann ich für Sie tun?«, fragte ein älterer Herr, der so kerzengerade hinter seinem Tresen stand, als hätte er einen Stock verschluckt. »Nein, lassen Sie mich raten«, fügte der Herr hinzu, als Schlotterteich seine Polizeimarke vorzeigte. »Sie suchen ein Kommissar-Kostüm, stimmt's?«
Schlotterteich schüttelte den Kopf. So ein Unsinn. Seine Dienstkleidung war doch noch völlig in Ordnung.
»Nein, ich suche eine Dame. Sie müsste gerade an Ihrem Laden vorbeigelaufen sein. Sie gehört zur Bande der vierzig Räuber. Sabrina, die Schmugglerin, heißt sie. Sie haben vielleicht schon einmal in der Zeitung von ihr gelesen.« Schlotterteich sah sich ängstlich im Laden um – die Monstermasken sahen wirklich Furcht einflößend aus.
»Nein, ich bedaure sehr, Herr Kommissar. Mir ist diese Dame nicht bekannt und ich habe auch keinen schwarzen Lockenkopf vor meinem Schaufenster gesehen. Ich war aber auch gerade kurz auf der Toilette – vielleicht hat die Person diese Zeit genutzt, um meinen Augen zu entwischen«, sagte der Herr hinter dem Tresen.
»Vielleicht, ja«, murmelte Schlotterteich. »Dann stimmt dieses Gerücht also doch.«
»Was für ein Gerücht?« Der Herr sah Schlotterteich an, als hätte der Kommissar chinesisch gesprochen.
Schlotterteich holte ein Paar Handschellen aus sei-

ner Tasche. »Ich meine das Gerücht, dass Sabrina neuerdings mit einem Komplizen arbeitet.« Er legte dem Herrn blitzschnell die Handschellen an. »Jedenfalls danke ich Ihnen sehr für Ihre Mithilfe.«

»Was fällt Ihnen ein?«, fragte der Herr verdutzt. »Und was für eine Mithilfe?«

Kommissar Schlotterteich zog ein zweites Paar Handschellen heraus. »Tja, mein Lieber, Sie wollten zwar Sabrina helfen, aber Sie haben sich verraten – und Sabrina habe ich auch schon entdeckt.«

Wodurch hat sich Sabrinas Komplize verraten? Und wo hat sich Sabrina versteckt?

Der schönste Hut der Welt

»Hilfe! Polizei! Polizeiiiiiiiii!«

Der Ruf kam aus dem Hutgeschäft. Schlotterteich rannte die Rolltreppe hinauf, quetschte sich an den Leuten vorbei und hielt seine Polizeimarke in die Höhe.

»Kommissar Schlotterteich! Was ist passiert?«, rief er.

Die Dame im Hutgeschäft saß auf einer Kiste und weinte sich die Augen aus.

»Was ist denn los?«, fragte Schlotterteich.

Aber die Dame hörte nicht auf zu schluchzen. Vor dem Geschäft drückten sich die Schaulustigen die Nasen an der Scheibe platt.

»Es ist doch eine ganz neue Erfindung!« Die Dame schluchzte.

Schlotterteich hockte sich neben sie.

»Wie heißen Sie denn?«, fragte der Kommissar mit seiner väterlichsten Stimme.

»Elena Schnurental-Bispingen«, antwortete die Dame.

»Und das hier ist Ihr Hutgeschäft, ja?« Schlotterteich reichte ihr ein Taschentuch.

Frau Schnurental-Bispingen schnäuzte sich, dass die Wände wackelten, und nickte.

»Und was ist nun passiert? Hat Sie jemand überfallen?«
Frau Schnurental-Bispingen schüttelte den Kopf.
»Hat man Sie beraubt?« Schlotterteich wurde allmählich ungeduldig.
Wenn die Schnurental-Bispingen noch lange schwieg, war der Täter bald über alle Berge, was auch immer er ausgefressen hatte. Das war doch klar!
»Mein neuster Hut ist weg! Ich habe ihn selbst genäht! Und als ich aus der Mittagspause kam, war die Tür aufgebrochen und der Hut weg!« Frau Schnurental-Bispingen schossen schon wieder die Tränen in die Augen.
»Frau Schnurental-Bispingen, ich weiß, dass das jetzt sehr schwer für Sie ist. Aber Sie müssen mir helfen. Sonst kann ich Ihren Hut nicht finden. Und den Huträuber erst recht nicht.« Schlotterteich sah der Dame direkt in die Augen. »Wie sah der Hut aus?«
»Es ist ein Strohhut, ein ganz gewöhnlicher.«
Der Kommissar musterte die Damen und Herren vor dem Geschäft. Jeder Zweite schien hier einen Strohhut zu tragen.
»Frau Schnurental-Bispingen, strengen Sie sich an«, sagte Schlotterteich. »Beschreiben Sie den Hut noch etwas genauer. Hatte er eine Hutschnur? Welche Farbe hatte er? War etwas besonders an ihm?«
Der Hutmacherin schossen wieder die Tränen in die Augen. Aber diesmal schluckte sie sie tapfer hinunter.

FA
ZOO
KRÜ

»Ich habe frische Gräser, Obst und ein paar Kornblumen darauf gebunden«, antwortete sie. »Es ist der schönste Hut der Welt!«

Obst? Kornblumen? Gräser? Schlotterteich schüttelte den Kopf.

»Sie meinen Plastik-Obst?« Der Kommissar konnte sich ein Lachen nur schwer verkneifen. Dieser Hut musste ja irre hässlich aussehen.

»Nein!« Die Stimme von Frau Schnurental-Bispingen überschlug sich fast. »Es ist alles echt auf diesem Hut. Das ist ja der Pfiff: echtes Stroh, echtes Korn mit echten Körnern, echtes Obst und echte Blumen.«

Schlotterteich trat aus dem Laden und betrachtete die Menge. So einen Hut musste man doch schnell wiederfinden können, falls der Dieb oder die Diebin noch in der Nähe war.

»Na also«, murmelte der Kommissar und nahm sich ein Paar Handschellen aus seiner Aktentasche.

Wo hat sich die Person, die den Hut gestohlen hat, versteckt?

Die verschwundene Kaffeekasse

Schlotterteich sah sich gern Schuhe im Schaufenster oder im Laden an. Aber Schuhe anprobieren, das war für den freundlichen Kommissar eine echte Qual. Er war sich nämlich nie sicher, ob die Schuhe wirklich passten. Meistens drückte oder schlappte eben doch etwas. Spätestens wenn er die neuen Schuhe zu Hause noch einmal anprobierte, stellte er fest, dass sie ihm überhaupt nicht passten. Außerdem war Schlotterteichs linker Fuß eine halbe Nummer größer als sein rechter. Da konnte er sich immer aussuchen, ob es links ein bisschen drücken oder rechts ein bisschen schlappen sollte.

Der Kommissar betrachtete die Schuhe im Schaufenster, als er plötzlich einen wütenden Schrei aus dem Inneren des Ladens hörte.

»Du Nichtsnutz!«

Der Kommissar sprang in den Laden und hielt der aufgebrachten Verkäuferin seine Polizeimarke unter die Nase.

»Ich bin Kommissar Schlotterteich. Kann ich etwas für Sie tun?«

Die Frau schimpfte lautstark auf einen jungen Mann ein.

»Ach, mein Angestellter hier ist die reinste Katastrophe! Er hat sich die Kasse klauen lassen!«
Schlotterteich sah hinüber zur Ladentheke. Er zog eine Augenbraue hoch.
»Verzeihen Sie, Gnädigste, aber das, was da auf dem Ladentisch steht, ist das nicht die Kasse?«, fragte der Kommissar verwirrt.
Die Verkäuferin verdrehte die Augen. »Das ist die Kasse, ja. Aber diese Kasse ist offensichtlich nicht geklaut worden, oder haben Sie keine Augen im Kopf?«
»Also, was soll dann die ganze Aufregung?«, fragte Schlotterteich.
Der junge Mann meldete sich mit leiser Stimme zu Wort: »Nicht diese Kasse ist geklaut worden, sondern unsere Kaffeekasse. Da waren aber auch fast zweihundert Euro drin.«
Schlotterteich pfiff durch die Zähne. Das war natürlich etwas anderes.
»Und wie sah diese Kasse aus?«, fragte der Kommissar.
Die Verkäuferin sah verlegen auf den Boden. »Es war gar keine richtige Kasse. Es war mehr so …«
»Das Geld haben wir immer in einen alten einzelnen Stiefel gesteckt«, sagte der junge Mann. Er wandte sich an die Verkäuferin. »Wir konnten doch wirklich nicht ahnen, dass jemand diesen Stinkstiefel klauen würde.«

»Haben Sie denn jemanden dabei beobachtet?«, fragte Schlotterteich.
Der junge Mann und die Verkäuferin schüttelten die Köpfe.
»Aber weit kann der Dieb noch nicht sein«, sagte der junge Mann. »Ich habe erst vor ein paar Minuten einen Fünf-Euro-Schein in den Schuh gesteckt. Dann war er plötzlich weg.«
»Sie haben Recht, junger Mann«, sagte Schlotterteich und packte ein Paar Handschellen aus. »Weit ist Ihre Kaffeekasse noch nicht gekommen.«
Wen will Schlotterteich verhaften?

Kleine Fische

Schlotterteich war gerade auf der Suche nach einem Blumenladen, um sich ein paar neue Unkrautsamen zu kaufen, als er den Schrei aus dem Anglergeschäft hörte.

»Das darf doch nicht wahr sein!«

Der Kommissar stürzte in das Geschäft. Er verheddert sich fast in den Angelschnüren, als er seine Polizeimarke vorzeigte und rief: »Keiner verlässt das Lokal! – Was ist passiert?«

Hinter dem Ladentisch stand ein bärtiger Verkäufer. Er hatte Tränen in den Augen.

»Mir sind die Silberfischchen geklaut worden.«

Schlotterteich schüttelte sich. Silberfischchen – waren das nicht diese ekligen Insekten, die sich auf dem Boden im Badezimmer oder in der Küche herumtrieben, wenn er mal wieder wochenlang nicht geputzt hatte? Wer kam auf die verrückte Idee, so ein Ungeziefer zu klauen? Und was suchten diese winzigen Insekten überhaupt in einem Anglergeschäft? Das konnte doch nicht mit rechten Dingen zugehen.

»Wollen Sie mich etwa auf den Arm nehmen?«, fragte er den Angelverkäufer. »Silberfischchen – wer klaut denn so was?«

Der Mann schüttelte den Kopf. »Nein, nein, ich meine nicht die Silberfischchen, die Sie im Kopf haben …«
Schlotterteich räusperte sich. Er hatte die Silberfischchen vielleicht in der Dusche oder auf dem Küchenfußboden, aber bestimmt nicht im Kopf! Er sah streng über den Ladentisch. Aber der Verkäufer redete einfach weiter: »Ich meine die Silberköder, die wir verkaufen. Das sind kleine Blinker, mit denen Sie so ziemlich jeden Fisch anlocken können. Die sind sehr teuer.« Der Verkäufer deutete auf den Schrank hinter sich. »Ich hatte nur ein paar davon im Schrank. Und jetzt sind sie alle weg.«
Schlotterteich kratzte sich am Hinterkopf. »Köder verschwinden doch nicht einfach so. Haben Sie niemanden gesehen?«
»Eben nicht!«, sagte der Verkäufer. »Ich war gerade hinten, um diesem Herrn eine neue Angelschnur zu holen.«
»Also haben Sie den Täter gesehen?« Schlotterteich wandte sich an den Kunden.
Aber der schüttelte nur den Kopf. »Tut mir leid, Herr Kommissar, das ging wohl alles ein bisschen zu schnell. Ich habe mir die Angeln angesehen und dann bemerkt, dass mein Schnürsenkel offen war, und mich gebückt. Dann hörte ich jemanden in den Laden stürmen. Aber als ich aufblickte, war der Mann schon mit den zehn Silberfischchen verschwunden.«

NGLER

Die beiden Männer sahen Schlotterteich erwartungsvoll an.
»Wollen Sie nicht losrennen und den Kerl verhaften?«, fragte der Verkäufer.
»Doch, doch, genau das werde ich tun«, murmelte Schlotterteich und holte ein Paar Handschellen aus der Aktentasche. »Der Täter hat sich ja doppelt verraten.«
Wem wird Schlotterteich die Handschellen anlegen, weil er sich zweimal verraten hat?

Das Auto

»Das gibt's doch gar nicht! Diese Halunken! Und warum kommen Sie erst jetzt, Herr Schlotterteich?« Herr Schulz, der Autohändler, war völlig aus dem Häuschen.
»Was ist passiert?« Schlotterteich war außer Atem, als er das Autohaus im Erdgeschoss des Einkaufszentrums betrat.
Diese ständige Herumrennerei, Treppe rauf, Treppe runter, hielt den alten Kommissar ganz schön auf Trab.
»Was passiert ist? Ein Wagen ist mir geklaut worden! Gestern erst wurden sie geliefert, die neuen Modelle. Und heute ist die erste Kiste schon weg!« Herr Schulz schnappte nach Luft.
»Nur die Ruhe, Herr Schulz. Die kriegen wir schon.« Schlotterteich versuchte den aufgebrachten Händler zu beruhigen. »Was war das denn für ein Wagen?« Der Kommissar zückte sein Notizbuch und schrieb alles genau mit.
»Ein roter VW Golf.« Herr Schulz ließ sich in seinen Chefsessel sinken. »Davon gibt es in der Stadt Tausende – falls Sie daran gedacht haben, den Wagen suchen zu lassen …«

Schlotterteich runzelte die Stirn. Diese Idee hatte er tatsächlich gehabt. Es war aber auch zu ärgerlich, dass Herr Schulz keine auffälligen Sportwagen verkaufte. Denn den hätten sie ruck, zuck mit dem Hubschrauber gesucht und mit Sicherheit gefunden.
»Wie haben die Diebe es denn angestellt?«, fragte Schlotterteich.
»Ganz einfach, ganz fürchterlich einfach!« Herr Schulz sprang von seinem Sessel auf. »Die haben die Schaufensterscheibe aufgeschnitten und sind aus dem Laden gefahren.«

Schlotterteich sah sich die Scheibe an. Die sah allerdings noch ganz aus.
»Nicht diese Scheibe!«, sagte Schulz. »Es war das Schaufenster, das zum Parkdeck rausgeht.«
Er führte den Kommissar in einen anderen Teil seines Ladens. Und da sah Schlotterteich auch das Loch in der Scheibe. Mit einem Glasschneider hatten die Diebe ein regelrechtes Tor in das Schaufenster geschnitten.
Diese Methode kannte Schlotterteich: »Kein Zweifel: Das war ›das Quartett‹.« Diese Viererbande hatte

schon mehr Autos und Laster geklaut, als sich Herr Schulz in seinen übelsten Alpträumen hätte träumen lassen können. Er betrachtete die Scheibe. »Aber wenn die vier mit dem Wagen hier hinaus sind, dann kommen sie doch ins Parkhaus des Einkaufszentrums, oder nicht?«, fragte Schlotterteich.

Die beiden Männer sahen sich an. Dann rannten sie los. Denn mit ein bisschen Glück würden sie den Wagen ja noch im Parkhaus erwischen.

»Oh nein.« Die Stimme von Herrn Schulz klang plötzlich heiser, als sie das Parkdeck überblicken konnten.

Auch Schlotterteich traute seinen Augen kaum. Da standen und fuhren mindestens dreißig rote VW Golfs herum.

»Die finden wir nie!« Herr Schulz schluchzte.

»Irrtum, mein lieber Herr Schulz. Ich lege mich auf die Lauer. Jede Wette: Die vier tauchen hier bald wieder auf.«

Wie kommt Schlotterteich darauf?

Goldrausch

»Bei meiner goldenen Schreibmaschine! Das darf doch nicht wahr sein!« Der sehr erfolgreiche Schriftsteller Harald Töpfer brach ohnmächtig vor der Tür seines Verlages zusammen.
Schlotterteich und Frau Doktor Reh-Seemann, die gerade Feierabend machte, stürzten sofort herbei, um ihm zu helfen.
»Ach, Herr Lotterscheich, da sind Sie ja immer noch«, sagte die Ärztin. Sie horchte Harald Töpfer ab und stellte fest: »Der ist ohnmächtig.«
Schlotterteich seufzte. Dass der berühmte und erfolgreiche Schriftsteller ohnmächtig war, hätte er auch ohne Ärztin herausgefunden. Frau Doktor Reh-Seemann krempelte die Ärmel hoch und verpasste dem erfolgreichen Schriftsteller ein paar ordentliche Ohrfeigen.
»Was? Wie? Wer? Haltet den Dieb!«, stammelte Harald Töpfer, als er wieder zu sich kam.
»Fehlt Ihnen was?«, fragte die Ärztin.
»Allerdings!« Der Schriftsteller setzte sich auf eine Bank und rieb sich die Wangen. »Meine Goldbarren sind mir gestohlen worden! Ich habe sie gerade von meinem Verleger bekommen. Ich werde ja nur noch

in Goldbarren bezahlt, wie Sie sich leicht vorstellen können.«
Schlotterteich konnte sich das zwar nur schwer vorstellen, aber bei einem so erfolgreichen Schriftsteller wunderte ihn natürlich nichts. Er zeigte seine Polizeimarke vor. »Haben Sie den oder die Täter erkannt? Wie waren die Goldbarren verpackt?«
»Es ging alles so schnell. Ich kam hier raus, mit dem schweren Koffer voll Gold an der Hand. Und plötzlich war der Koffer weg.«
Der Kommissar seufzte. »Wissen Sie wenigstens noch, wie der Koffer aussah?«
Harald Töpfer nickte. »Es war ein schwarzer Aktenkoffer. – Und der Dieb ist da entlanggelaufen.«
»Na, das ist doch wenigstens etwas«, murmelte Schlotterteich. Er blickte in die Richtung, in die der Schriftsteller zeigte. Der Weg führte in eine Sackgasse. Und in dieser Sackgasse war die Post.
Schlotterteich sprintete los. Als er die Post betrat, sah er auch sofort einen Mann mit einem schwarzen Aktenkoffer. Dämlicherweise entdeckte er zwei weitere Männer mit solchen Koffern, als er den ersten verhaften wollte.
»Na wartet«, murmelte Schlotterteich. Er ließ die drei Herren die schwarzen Aktenkoffer öffnen. Aber es war wie verhext: In keinem der Koffer fand Schlotterteich die Goldbarren. Er verhörte die drei verdächtigen Männer.

POST
AN
A.BENDER

»Ich weiß gar nicht, was Sie wollen, Herr Kommissar«, sagte der erste. »Ich habe zwar schon drei Bücher von Töpfer gelesen, aber deshalb stehle ich ihm doch nicht sein Gold! Außerdem könnte ich so einen schweren Koffer niemals schleppen, ich habe nämlich ein Rückenleiden.«
»Ich kenne diesen Schriftsteller gar nicht, ich bin Musiker!«, sagte der zweite Herr. »Kann ich jetzt bitte meinen Geigenkasten abschicken? Meine Geige muss nämlich zur Reparatur, bevor die Post schließt!«
»Ich gebe zu, dass ich Töpfer kenne. Ich wusste sogar, dass er sich in Goldbarren bezahlen lässt, aber das steht ja in jeder Illustrierten, Herr Kommissar.« Der dritte Herr zuckte mit den Schultern. »Vielleicht hat ja auch Herr Töpfer Sie belogen und er hatte gar keinen schwarzen Aktenkoffer dabei?«
»Schon möglich«, murmelte Schlotterteich. Aber der Kommissar wusste schon, dass dem nicht so war. Er zog seine Handschellen heraus, verhaftete den völlig überraschten Täter und stellte das geraubte Gold sicher.
Wer war der Täter und wo ist das Gold?

Mit links

Wenn es bei der Polizei eine Kollegin gab, mit der Schlotterteich gern zusammenarbeitete, dann war das Hilde Schnufke, genannt Schnüffel. Schnüffel war von der Spurensicherung und vermutlich schon mit einer Lupe und Gummihandschuhen geboren worden. Wenn sie an einen Tatort gerufen wurde, konnten sich die Täter warm anziehen: Schnüffel fand einfach alles. Hautfetzen, Bartstoppeln, Schnürsenkelfasern, selbst der Geruch von Käsefüßen wurde von ihr mit einem Spezialgerät aufgesaugt und im Kühlschrank sichergestellt. Deshalb war Schlotterteich auch fest davon überzeugt, dass sie herausfinden würden, wer den Safe im Büro der beiden Schwestern Anna und Clara Bischof geknackt hatte.
»Was war denn eigentlich da drin?«, fragte Schlotterteich, als er sich die Bescherung im Keller der Firma ansah.
»25 Goldbarren«, antwortete Clara Bischof.
»Wir haben unsere Gold-Reserven extra nicht der Bank gegeben, weil Banken so oft ausgeraubt werden«, erklärte Anna Bischof. »Das war wohl ein Fehler.«
»Sieht ganz so aus.« Schlotterteich sah zu Hilde

Schnüffel hinüber, die gerade ein letztes Foto vom offenen Safe machte. »Gibt es Spuren?«
Schnüffel wiegte den Kopf hin und her. »Leider nicht viele: Der Täter muss einen Schlüssel zum Keller, aber auch zum Safe gehabt haben.«
»Das ist unmöglich!«, riefen Clara und Anna wie aus einem Munde. »Den einzigen Schlüssel zum Safe haben wir!«
»Darf ich den mal sehen?«, fragte Schnüffel.
Die Expertin für Spurensicherung betrachtete Annas Schlüssel mit der Lupe und nickte: »Der hier ist nachgemacht worden. Da sind noch Spuren von Knetmasse zwischen den Zähnen. Jemand hat einen Abdruck gemacht, um einen Zweitschlüssel anzufertigen.«
Schlotterteich runzelte die Stirn. »Das heißt, dass es jeder gewesen sein kann, der einen Schlüssel zur Kellertür hat, falls der nicht auch nachgemacht wurde.«
Schnüffel nickte. »Sieht so aus. Aber ich habe noch etwas herausgefunden: Der Keller ist zum Glück ziemlich staubig.«
»Fingerabdrücke?«, fragte Schlotterteich.
»Leider nein. Der Täter hat Handschuhe getragen. Aber er hat alle Goldbarren mit der linken Hand abgeräumt. Die Spuren im Staub sind eindeutig. Wir haben es also ziemlich sicher mit einem Linkshänder zu tun. Es muss übrigens heute Vormittag zwischen

neun und halb zwölf passiert sein. Jedenfalls hat Anna um neun Uhr noch ein paar Dokumente in den Safe gelegt, die sie um halb zwölf wieder herausgeholt hat. Dabei hat sie gemerkt, dass das Gold fehlt.«

»Na, das ist doch was«, sagte Schlotterteich. »Dann möchte ich jetzt bitte alle Damen und Herren sprechen, die einen Schlüssel zum Keller haben.«

Doch alle drei Verdächtigen sagten aus, Rechtshänder zu sein. Franz von der Grün sagte: »Ich habe den ganzen Morgen am Computer gesessen und E-Mails beantwortet. Sie können den Rechner gerne checken, Herr Kommissar. Der Zeitpunkt, an dem die Mails geschrieben werden, wird ja gespeichert.« Schlotterteich ließ Schnüffel das sofort überprüfen. Frau Rosemarie Müller sagte: »Ich war bei einem Lieferanten und bin erst gegen elf Uhr hier eingetroffen. Dann habe ich mein Büro aufgeräumt, das kann Herr von der Grün bestätigen, der kann mein Büro ja direkt von seinem aus sehen.«

»Ich habe die ganze Zeit Postkarten an Freunde der Firma geschrieben«, sagte die Sekretärin Eva Rudolf, die einen Arm in Gips hatte, und zeigte Schlotterteich einen großen Stapel handgeschriebener Karten. »Ich hatte noch nicht mal Zeit für meine Pause!«

Irgendwie schien hier jeder ein lupenreines Alibi zu haben. Aber irgendetwas stimmte mit einem der Alibis überhaupt nicht. Da waren sich Schnüffel und Schlotterteich mal wieder einig.

Lasse Langfinger

»Überführt!«, rief Schlotterteich. Es war zu schön, um wahr zu sein: Da spazierte er durch die Fußgängerzone und am helllichten Nachmittag ging der Alarm des Kaufhauses los. Und wen sah er aus dem Gebäude eilen? Lasse Leopold Lange, genannt Lasse Langfinger. Diesen Trickbetrüger und Taschendieb hatte Schlotterteich schon öfter hinter Gitter gebracht, als man sich vorstellen konnte.

»Schlotterteich!«, rief Lasse Langfinger. »Ich habe nichts damit zu tun! Das muss falscher Alarm sein! Oder die Oma dahinten, vielleicht hat die eine Tüte Bonbons geklaut! Glauben Sie mir, diesmal bin ich wirklich unschuldig! Ich habe doch einen Besserungskurs gemacht.«

Es war zum Heulen mit Lasse: Er versuchte immer wieder den Kommissar um seine Langfinger zu wickeln.

»Und, hast du den Besserungskurs denn auch bestanden?«, fragte der Kommissar.

»Das will ich meinen!«, rief Lasse Langfinger und glaubte schon, dass er sich verdrücken könnte.

»Dass ich nicht lache!«, knurrte Schlotterteich. »Ich gebe dir noch eine Chance, Langfinger: Du gibst

erstens zu, dass du etwas geklaut hast, und zweitens gibst du es sofort zurück.«
Da kam auch schon der Chef des Kaufhauses aus dem Gebäude gerannt. »Ach, Herr Schlotterteich, das ist aber nett, dass Sie unseren Kaufhausdetektiv vertreten. Der ist nämlich heute krank. Ist das der Täter?«
Schlotterteich nickte. Langfinger schüttelte den Kopf.
»Ist er nun der Täter oder nicht?«, fragte der Chef des Kaufhauses. »Und was hat er überhaupt gestohlen?«

Liebesbriefe

»Das sieht ihm ähnlich, ganz und gar ähnlich, Herr Schlotterteich!« Gräfin Ophelia von der goldenen Erbsensuppe strich sich durch ihr güldenes Haar und ließ sich höchst elegant in den Ohrensessel neben dem offenen Ofen gleiten, vor dem eine Nashornhaut auf dem Boden drapiert war.

Schlotterteich verstand mal wieder gar nichts. Er verstand die Gräfin nicht, verstand nicht, was eigentlich passiert war, und er verstand nicht, wen sie verdächtigte. Aber vor allem verstand er nicht, warum sich jemand die Haut eines Nashorns samt Kopf und Horn vor den Ofen legte. Das sah nicht nur blöd aus, es war auch unglaublich unpraktisch, weil man ständig um das Horn herumlaufen musste.

Der Kommissar war ganz und gar in diesen Überlegungen versunken, als ihn die Gräfin am Ärmel zupfte und fragte: »Sagen Sie mal, hören Sie mir überhaupt zu?«

Schlotterteich spürte, wie ihm die Röte ins Gesicht schoss. Er hatte tatsächlich nicht zugehört. Kein bisschen. Noch nicht mal mit einem halben Ohr. »Äh, ich habe einen Augenblick vor mich hin geträumt, das muss an Ihrem Ofenvorleger liegen.«

»Die ganze Sache ist hochgradig brisant und mit äußerster Diskretion zu behandeln, Herr Schlotterteich.« Gräfin Ophelia sah ihn streng an. »Sie dürfen unter keinen, ich wiederhole: unter keinen Umständen irgendein Wort über diese Sache irgendjemand anderem gegenüber fallen lassen. Haben Sie das verstanden?«

Schlotterteich nickte. Das war nicht schwer zu verstehen: Absolutes Stillschweigen zu wahren war eine seiner leichtesten Übungen. »Nun rücken Sie endlich raus mit der Sprache, Gräfin! Wie kann ich Ihnen helfen?«

Die Gräfin seufzte einmal tief. »Mir sind Briefe gestohlen worden. Nicht irgendwelche Briefe, die ich von irgendwem bekommen habe. Es waren …« Sie stockte, sah sich um und flüsterte: »Es waren, ehrlich gesagt, Liebesbriefe, mehr oder weniger. Und zwar vom Prinzen von Dänemark.«

Schlotterteich pfiff durch die Zähne. Das war in der Tat eine brisante Neuigkeit. Schließlich war der Prinz von Dänemark längst verheiratet!

»Es ist nicht so, wie Sie denken«, sagte die Gräfin, als sie Schlotterteichs Miene betrachtete. »Die Briefe sind sehr, sehr alt. Der Prinz hat sie mir schon Jahre vor seiner Ehe geschrieben.«

Schlotterteich nickte. Das war natürlich etwas anderes.

»Aber dennoch ist in Kopenhagen herausgekommen, dass der Prinz und ich uns vor langer Zeit recht nahe standen. Genau genommen sogar ziemlich nahe. Schon seit Wochen lauern mir jetzt die fürchterlichen Reporter dieser Mistzeitung auf. Sie sind so scharf auf meine Briefe, dass sie mir sogar eine Menge Geld dafür angeboten haben.«

»Welche Zeitung?«, fragte Schlotterteich.

»Dieses Mistblatt natürlich, die *Flotte Presse*!«, rief die Gräfin.

Schlotterteich zuckte zusammen. Die Zeitung kannte er. Sie war immer randvoll mit übelsten Lügengeschichten, über alles und jeden, der nur ein klitzekleines bisschen berühmt war. Natürlich hatte dieses Machwerk von einer Zeitung auch schon den größten Unsinn über den berühmten Kommissar Schlotterteich gedruckt. Aber gegen die Journalisten der *Flotten Presse* war kein Kraut gewachsen.

»Ich bin mir sicher, dass diese Mist-Reporter meinen Butler Dieter dazu angestiftet haben, mir die Briefe zu stehlen. Dabei habe ich Dieter immer gut behandelt.«

Schlotterteich runzelte die Stirn. »Warum sind Sie so sicher, dass es Ihr Butler war?« Dieser Fall hörte sich verdächtig einfach an.

»Außer mir wussten nur er und der Gärtner, wo ich diese Briefe aufbewahre. Gestern Abend sind sie verschwunden und Dieter gleich mit ihnen. – Das ist doch verdächtig, oder?«

Schlotterteich nickte. Trotzdem wollte er noch mit dem Gärtner sprechen. »Reine Routine«, sagte er. Aber die Gräfin schüttelte den Kopf. »Mein Gärtner ist leider vor einem Monat verstorben.«

»Oh, mein Beileid«, murmelte Schlotterteich. »Haben Sie denn eine Ahnung, wo sich Ihr Butler gerade aufhält?«

Die Gräfin nickte. »Allerdings. Er hat eine Hütte im Wald. Würde mich wundern, wenn wir ihn dort nicht finden würden.«

Die Gräfin hatte den richtigen Riecher gehabt: Dieter Dietrichsen saß tatsächlich vor seiner Hütte im Wald und ließ sich die Sonne auf den Bauch scheinen. Er erbleichte, als die Gräfin und Kommissar Schlotterteich vor ihm auftauchten. Erstaunlicherweise gab er sogar gleich zu die Briefe gestohlen zu haben.

»Ja, die Leute von der Zeitung haben mir einen Haufen Geld angeboten, wenn ich sie besorge. Aber dann habe ich einen von ihnen gelesen. Und da wurde mir erst klar, was ich eigentlich getan hatte.«

Dieter sah betreten zu Boden. »Ich entschuldige mich, Frau Gräfin. Es war ein fürchterlicher Fehler, die Briefe zu stehlen. Aber ich habe sie nicht der Zeitung gegeben. Das müssen Sie mir glauben. Ich hatte ein so schlechtes Gewissen, dass ich sie alle hier im Ofen verbrannt habe. Gab ein hübsches Feuerchen.«

»Verbrannt?«, rief die Gräfin entrüstet.
»Was sollte ich denn tun?«, fragte Dieter. »Sollte ich etwa mit dem ganzen Stapel wieder bei Ihnen auftauchen und sagen: Tut mir leid, war nicht so gemeint, die habe ich nur aus Versehen mitgenommen?«
Die Gräfin schüttelte den Kopf. »Na, wenigstens erfährt nun niemand mehr, was in diesen Briefen stand.«
Aber Kommissar Schlotterteich schüttelte den Kopf. »Ich fürchte, Sie werden morgen Ihr blaues Wunder erleben, wenn Sie die *Flotte Presse* aufschlagen.«

Alle Jahre wieder Ödhausen

»Da war ich doch schon einmal«, murmelte Kommissar Schlotterteich, als er nach Ödhausen gerufen wurde.
Das kleine Dorf war ganz nach seinem Geschmack. Hier gab es fast nichts: keine Staus, keine Autos, keinen Bahnhof, keine Kreuzung und keine Verbrecher – normalerweise.
»Jetzt hat er wieder zugeschlagen«, jammerte Ole Öde, der Pfarrer von Ödhausen. »Erinnern Sie sich noch an den Burschen, der hier vor zwei Jahren hauste und uns die Haare vom Kopf gefressen hat?«
Schlotterteich kratzte sich am Hinterkopf. Aber dann fiel ihm alles wieder ein: Bernd Breitinger hieß der Mann. Er hatte sich im Kirchturm von Ödhausen versteckt und alles gegessen, was nicht niet- und nagelfest gewesen war. Sogar vor dem Wein des Pfarrers und dem Spanferkel einer Grillgesellschaft hatte Breitinger damals nicht Halt gemacht.
»Er hatte sich in der Glocke versteckt. Jetzt hat er die Glocke geklaut.« Pfarrer Ole Öde rang nach Luft. »Sie war nigelnagelneu. Erst gestern waren zwei Glockenstimmer da und haben sie neu justiert.

Und nun kommt der Breitinger und klaut uns diese Kostbarkeit vor der Nase weg!«

»Warum sind Sie so sicher, dass es Breitinger war?«, fragte Schlotterteich.

Der Pfarrer starrte den Kommissar an. »Na, das liegt doch auf der Hand: Er muss es einfach gewesen sein. Aus Rache, weil wir ihn damals erwischt haben. Wer kommt denn sonst noch auf so eine Schwachsinnsidee?«

Schlotterteich seufzte. Das klang ja nicht gerade nach einem begründeten Verdacht. »Gibt es denn Spuren oder Zeugen?«

»Allerdings, die gibt es: Meine Küsterin hat gestern Nacht ein Auto gehört. Sie dachte, es sei ihr Besuch. Aber als sie dann auch noch einen Kran gesehen hat, kam ihr das doch seltsam vor und sie hat die Polizei gerufen.«

»Und?«

Der Pfarrer wurde rot im Gesicht. »Nun, äh, das ist so …«

Schlotterteich legte den Kopf schief.

»Also, der Dienst habende Beamte ist mein Schwager und, kurz gesagt, wir haben Skat gespielt im ›Goldenen Anker‹ in Neustadt. In Ödhausen gibt es ja keine Kneipe. Und wir hatten unsere Handys ausgeschaltet, damit wir nicht gestört werden …«

Schlotterteich verdrehte die Augen. Diesen Kollegen würde er sich auch noch vorknöpfen.

»Aber meine Küsterin hat sich das Kennzeichen des Wagens aufgeschrieben«, sagte der Pfarrer.
Schlotterteich ließ sich die Nummer geben und telefonierte. Sie gehörte zu einem gemieteten Lkw. Der Vermieter gab Schlotterteich sofort den Namen des Mieters.
»Bodmer? Johanna Bodmer?«, vergewisserte sich Schlotterteich noch einmal. *Diesen* Namen kannte er. Hinter dem Verbrecher-Paar Johanna und Jakob Bodmer war Schlotterteich schon lange her. Nun konnte er ihnen vielleicht endlich etwas nachweisen.
Keine halbe Stunde später klingelte er an der Haustür der beiden.
Sie waren sogar zu Hause und gaben zu, dass sie einen Wagen gemietet hatten. Allerdings bestritten sie, damit jemals in Ödhausen gewesen zu sein.
»Nie gehört«, behauptete Jakob Bodmer.
»Klingt jedenfalls nicht sehr aufregend, dieser Name«, sagte Johanna Bodmer.
Und auch eine Kirchenglocke wollten die beiden nie gestohlen haben. »Das ist doch Unfug, Herr Kommissar, da will uns einer was anhängen«, sagte Johanna Bodmer. »Wir klettern doch nie im Leben auf einen Kirchturm, um eine Glocke zu klauen.«
»Das ist viel zu gefährlich«, pflichtete ihr ihr Mann bei. »Wir sind doch gar nicht schwindelfrei! Wir haben uns sogar bei einem Anti-Schwindel-Kurs ken-

nengelernt. Aber haben wir Ihnen das nicht schon zehnmal erzählt?«

»Ein Anti-Schwindel-Kurs, den braucht ihr wirklich«, knurrte Kommissar Schlotterteich.

Wer hat die Glocke geklaut?

Die Eidechse

»Pfui Spinne.« Schlotterteich schüttelte sich. Diese ersten Regentage im Spätsommer erinnerten ihn immer an den Herbst. Und der Herbst war eine Jahreszeit, an die der Kommissar lieber nicht erinnert werden wollte. Im Regen und Nebel hinter Verbrechern herzujagen war jedenfalls nicht nach seinem Geschmack. Zum Glück konnte er für diesen Fall mit der Straßenbahn fahren, denn das Gebläse in Schlotterteichs klapprigem Auto brauchte mindestens eine halbe Stunde, bis es die beschlagenen Scheiben freigepustet hatte.

Schlotterteich stieg an der Poststraße aus und überquerte die Straße. Seine französische Kollegin Madame Toci hatte ihn um Amtshilfe gebeten. Diese kleine Polizistin aus der Provinz hatte schon mehr Verbrecher aufs Kreuz gelegt als die halbe Pariser Polizei zusammen. Nicht umsonst hatte Madame Toci es bis zur Leiterin einer Sonderabteilung gebracht. Zurzeit suchte sie eine Diebin, die die Nationalbank in Paris ausgeraubt hatte. Leider wussten Madame Toci und ihre Kollegen so gut wie gar nichts über diese Täterin, die nur »die Eidechse« genannt wurde, weil sie ihre Einbrüche im hells-

ten Sonnenschein beging und trotzdem blitzschnell entkam. Madame Toci konnte Schlotterteich weder einen Namen noch ein Gesicht, geschweige denn die Fingerabdrücke der *Eidechse* übermitteln. Alles, was sie hatten, war ein Verdacht. Es war der Verdacht, dass die *Eidechse* nach Deutschland geflohen war und sich dort unter dem Namen Jennifer Fesch versteckt hielt. Tatsächlich konnte Schlotterteich eine Dame mit diesem Namen ausmachen, die erst vor einer Woche in die Poststraße gezogen war.

Als er bei Frau Fesch klingelte, rechnete er mit allem. Nur damit, dass ihm eine so hübsche junge Dame öffnen würde, damit hatte der Kommissar nicht gerechnet. »Äh, guten Tag, Schlotterteich ist mein – äh – Ausweis – hab Fragen …«, stammelte der Kommissar.

Frau Fesch legte den Kopf schief und lächelte. »Wollen Sie ein paar Passbilder machen lassen? Für Ihren neuen Ausweis?«

Schlotterteich schüttelte den Kopf, kniff sich ins Ohrläppchen und sagte: »Nein, danke. Ich bin von der Polizei.« Er zeigte seinen Ausweis und die Polizeimarke vor. »Sind Sie Jennifer Fesch?«

Die Dame nickte. »Habe ich etwas ausgefressen? Aber kommen Sie doch herein, Herr Kommissar.«

Das ließ sich Schlotterteich nicht zweimal sagen. Mit neugierigen Blicken sah er sich in der Wohnung von Frau Fesch um. Irgendwo musste die Dame ja die Beute versteckt haben. Sie wäre nicht die erste Diebin gewesen, die ihre Matratze mit Geldscheinen gefüllt hätte. Aber die Wohnung von Frau Fesch sah eher nach einem Arbeitszimmer aus: Sie war ganz offensichtlich Fotografin.

»Wann waren Sie zuletzt in Paris?«, fragte Schlotterteich.

Frau Fesch starrte den Kommissar an. »Paris? Ich bin in meinem ganzen Leben noch nicht in Paris gewesen.«

»Auch nicht zufällig letzte Woche, um die Nationalbank auszurauben?«, fragte der Kommissar.

Frau Fesch musste lachen. »Nein, letzte Woche war ich auf einer Foto-Tour im Sauerland.«

»Sauerland, soso«, murmelte der Kommissar. »Dafür gibt es Zeugen, oder?«

Frau Fesch legte die hübsche Stirn in Falten. »Tja, das weiß ich nicht. Ich bin natürlich ein paar Leuten begegnet, aber ich hatte mir die Aufgabe gestellt, nur Bilder vom Wald zu machen. Deshalb bin ich meist querfeldein durchs Gelände gestapft.«

»Aber Sie haben doch sicherlich in einem Hotel übernachtet?«

Frau Fesch zuckte mit den Achseln. »Tut mir leid, Herr Kommissar, wenn ich geahnt hätte, dass Sie heute hier auftauchen, hätte ich bestimmt eins genommen. Aber so war es mir zu teuer. Ich habe im Auto geschlafen.«

Schlotterteich lächelte die Fotografin an. »Alles klar, entschuldigen Sie die Störung, Frau Fesch. Ich überprüfe Ihre Aussagen. Können Sie mir noch auf einer Karte zeigen, wo Sie überall unterwegs waren?«

»Selbstverständlich.« Die Dame holte eine Karte aus dem Regal und kreiste das Gebiet ein, in dem sie fotografiert hatte.

»Muss ich mich bei Ihnen melden?«, fragte Frau Fesch, als Schlotterteich sich verabschiedete.

»Nein, nein, das war wohl falscher Alarm.« Aber dann bemerkte der Kommissar etwas. Wie konnte er nur so blind sein? Vermutlich hatte ihn die Schönheit von Frau Fesch geblendet. Jedenfalls zögerte er jetzt nicht, der Dame blitzschnell Handschellen anzulegen.

»Aber Herr Kommissar, gehen Sie da nicht ein bisschen zu weit?«, rief Frau Fesch empört.

»Nein, das glaube ich nicht«, knurrte Schlotterteich.

Was hat der Kommissar erst jetzt bemerkt?

Ausgetrickst

»Ja Herr Kommissar, wo bleiben Sie denn, wo bleiben Sie denn?« Herr Acker war nicht nur unglaublich reich, er war auch unglaublich nervös. Der Chef von zweiunddreißig Fernsehsendern, Radiostationen, Zeitungen und Sportzeitschriften stand im kleinen Studio des Waldstadions, zuckte immer wieder mit dem linken Auge und knetete pausenlos seine Hände.

»Was ist denn genau passiert, Herr Acker?« Schlotterteich kramte routiniert wie immer seinen Notizblock aus der Manteltasche.

Herrn Acker war die Brieftasche gestohlen worden. Und zwar während des Fußballspiels.

»Mitten im Stadion! Auf der Ehrentribüne! Stellen Sie sich das mal vor!«, rief Acker. »Es war in der 37. Spielminute. Volkmar Leiser, der geniale Mittelfeldspieler, hatte gerade diese wunderbare Flanke quer über den Platz geschossen, da rempelt mich von hinten einer an. Und schon war die Brieftasche weg!«

Selbstverständlich war nicht nur die Brieftasche extrem wertvoll (Heuschreckenleder ist eben sündhaft teuer), sondern vor allem auch ihr Inhalt.

»Ohne diese Papiere bin ich aufgeschmissen!« Herr Acker schien seine Hände zu einem Hefeteig verarbeiten zu wollen. »Vollkommen aufgeschmissen!«
Schlotterteich zögerte nicht lange. »So ein randvolles Stadion lässt sich ein Taschendieb eben nicht entgehen«, knurrte er. »Dann wollen wir doch mal sehen, wen wir hier so haben.« Zum Glück wurde das Spiel von Ackers Fernsehsender live übertragen. Und das hieß: Es waren jede Menge Fernsehkameras aufgebaut. Durch eine dieser Kameras studierte der Kommissar in aller Seelenruhe Reihe um Reihe der Zuschauertribünen. Und tatsächlich entdeckte er drei altbekannte Spezialisten in Sachen Taschendiebstahl: Ludwig Langbein, Erich Erichsen und Charlotte Schlitzohr.

Natürlich wollte es keiner der drei gewesen sein, als Schlotterteich sie zum Verhör abführte und fragte, ob sie zufällig in der 37. Spielminute auf der Ehrentribüne waren und Herrn Acker die Brieftasche geklaut hätten.

»Ich stand hinten in der Kurve«, sagte Ludwig Langbein. »Da ist es so eng, dass ich noch nicht mal zum Klo konnte! – Und das kann ich Ihnen sogar beweisen.« Langbein zeigte Schlotterteich eine alte Wasserflasche, die mit einer ziemlich gelben Flüssigkeit gefüllt war.

»Ich hab die ganze Zeit auf das Spiel gestarrt«, sagte Erich Erichsen, genannt *die Elster.* »Das war ja so was von spannend! Da fiel ein Tor nach dem anderen. Ich hatte überhaupt keine Zeit, auch nur daran zu denken, jemandem etwas zu klauen.«

»Ich bin gerade erst ins Stadion gekommen«, sagte Charlotte Schlitzohr. »Ich hab nämlich keinen Parkplatz gefunden.«

Schlotterteich schmunzelte. »Ihr beiden könnt gehen. Aber Sie zeigen mir bitte den Inhalt Ihrer Taschen«, sagte der Kommissar. »Wäre doch gelacht, wenn wir da nicht die Brieftasche von Herrn Acker finden.«

Welchen der drei Taschendiebe hat Schlotterteich im Verdacht? Und warum?

Tandem

»Haltet die Diebe!«, riefen Klaus 1 und Klaus 2. Die beiden Mathematiklehrer von Schlotterteichs Kindern standen vor dem Fahrradladen, als der Kommissar gerade seinen platten Drahtesel abstellen wollte.

»Wer? Wie? Was?«, fragte Schlotterteich geistesgegenwärtig wie immer.

»Wir haben unser Tandem hierher gebracht, um das Licht reparieren zu lassen, da sind zwei Typen vorbeigekommen und haben uns das Rad geklaut!«, rief Klaus 1.
»Hier, nehmen Sie dieses Rad, Herr Schlotterteich«, sagte der Fahrradhändler, der den Kommissar schon gut kannte. »Und schnappen Sie die Fahrraddiebe!«
Das ließ sich Schlotterteich nicht zweimal sagen: Denn wenn der Kommissar eins hasste, dann waren das Fahrraddiebe. So eine Frechheit, jemandem das Fahrrad zu stehlen! Fahrräder waren nicht besonders viel wert, verglichen mit den Geldscheinen

einer Bank oder den Juwelen der wirklich steinreichen Leute. Aber jeder normale Radfahrer hatte doch eine besondere Beziehung zu seinem Drahtesel. Mit so einem Rad erlebt man immerhin so einiges, dachte Schlotterteich, schwang sich auf den knochenharten Sattel und trat in die sportlich-schmalen Pedalen. Dieses Rennrad war wirklich großartig: Wie ein geölter Blitz sauste der Kommissar um die Ecke.

»Erwischt, ertappt und überführt!« Schlotterteich raste fast in einen Lieferwagen. Zwei Männer, die sich wie ein Ei dem anderen glichen, standen davor und waren gerade dabei, ein Tandem einzuladen. Schneller, als sie bis drei zählen konnten, hatte Schlotterteich ihnen seine Polizeimarke unter die Nasen gehalten und Handschellen angelegt. »So, und jetzt will ich alles hören, meine Herren! Ein volles Geständnis bitte schön! Aber zuerst einmal die Ausweise!«

Schlotterteich kontrollierte die Papiere. Florian und Fridolin Falkenstein hießen die beiden tatverdächtigen Zwillingsbrüder.

»Was sollen wir denn verbrochen haben?«, fragte Florian. Rotzfrech tat dieser Fahrraddieb auch noch wie ein Unschuldsengel!

»Wem gehört dieses Tandem?«, fragte Schlotterteich.

»Uns natürlich!«, sagte Fridolin Falkenstein. »Wir

haben einen Ausflug gemacht, aber Florian ist die Puste ausgegangen, deshalb mussten wir den Lieferwagen mieten, um wieder nach Hause zu kommen. In ein Taxi passt das Tandem ja schlecht rein. Und könnten Sie uns jetzt bitte die Handschellen wieder abnehmen? Da sind Sie ja wohl ein bisschen zu weit gegangen, oder?«

Aber da bogen Klaus 1 und Klaus 2 um die Ecke und erkannten ihr Tandem wieder. »Genau das ist es! Unser Tandem!«

»Von wegen!«, riefen die Zwillinge Falkenstein wie aus einem Munde.

Aber Schlotterteich wusste längst, wem das Rad gehörte. Denn dafür gab es einen glasklaren Beweis. Welchen?

Hotte Hansmann

Hotte Hansmann war ein übler Fälscher: Briefmarken, Führerscheine, Hundemarken und Hamsterfutterplaketten hatte Hotte schon gefälscht. Der skrupellose und begnadete Halunke hatte sogar das Kunststück fertiggebracht, eine ganze Währung zu fälschen: Die Behörden auf den Azoren hatten zwei Jahre gebraucht, bis sie dahinterkamen, dass das ge-

samte Geld, das auf den Inseln in Umlauf war, von Hotte Hansmann gefälscht worden war. Dummerweise hatte Hansmann auch jede Menge gefälschter Ausweise parat: Im Grunde war er in so ziemlich jedem Land der Erde zu Hause – wenn man nach den Pässen in seinen Koffern ging. Kurz: Die Polizei tappte völlig im Dunkeln, wo sich Hansmann unter welchem Namen aufhielt.

Es war also kein Wunder, dass Schlotterteich sofort alles stehen und liegen ließ, als er einen anonymen Hinweis bekam, wo sich dieser berühmt-berüchtigte Halunke aufhalten könnte. Angeblich hatte er eine

neue kleine Druckerei irgendwo im Hutzelwald eingerichtet. Schlotterteichs Informant erzählte etwas davon, dass sich Hansmann inzwischen ganz und gar auf das Fälschen von Schulzeugnissen und Strafzetteln spezialisiert hatte. Aber das konnte sich der Kommissar beim besten Willen nicht vorstellen. Andererseits war einem ausgebufften Schuft wie Hotte alles zuzutrauen.

»Da muss ich Sie enttäuschen«, sagte Förster Falk Falkner, als Schlotterteich bei ihm im Hutzelwald auftauchte und nach neuen Bewohnern oder Merkwürdigkeiten fragte. »Hier im Hutzelwald wohnt kein Mensch mehr. Schon seit Jahren nicht. Meine Frau und ich sind auch ins Dorf gezogen und die Jäger sind alle im Heinzelberger Land, weil es dort viel mehr Wildschweine und Rehe gibt. Der Hutzelwald wird nur noch von Ameisen, Kaninchen und allerlei Vögeln bewohnt.«

Schlotterteich zuckte mit den Schultern. »Der Hinweis kam mir sowieso etwas zweifelhaft vor. Dennoch danke für die Auskunft. – Schön ruhig ist es hier ja. Vielleicht komme ich mit meinen Kindern mal in den Ferien her. Wir haben nämlich noch kein vernünftiges Ziel.«

Der Förster nickte. »Tun Sie das, tun Sie das. – Und nehmen Sie's nicht so schwer, dass Sie Ihren Verbrecher nicht gefangen haben.«

»Tja, das wäre eben zu schön gewesen, um wahr zu

sein, den großen Hotte Hansmann einfach so auf frischer Tat zu ertappen.« Schlotterteich wollte sich schon verabschieden. Aber dann zuckte er zusammen. »Das gibt's doch gar nicht! Das ist ja tatsächlich zu schön, um wahr zu sein!«

Was hat der Kommissar entdeckt?

Geisterstunde

»Ich weiß nicht, ich weiß nicht, Schlotterjunge, ich fürchte, ich werde verrückt«, sagte Oma Gießhübel, als Schlotterteich sie mal wieder besuchte. »Jeden Abend sehe ich neuerdings ein Gesicht vor meinem Fenster. Es grinst herein, lacht dreckig und verschwindet dann wieder.«

Schlotterteich schwieg. Das klang tatsächlich so, als wäre Oma Gießhübel etwas verwirrt, denn sie wohnte im ersten Stock. Von der Straße aus konnte höchstens ein Riese in ihr Fenster schauen.

»Und was das Verrückteste ist: Es ist immer dasselbe Gesicht: Herr Halden, mein Nachbar!«

Schlotterteich seufzte. »Und? Hast du ihn schon mal gefragt, ob er zufällig vor deinem Fenster vorbeischleicht und dreckig lacht?«

Oma Gießhübel sah betreten zu Boden. »Das würde dem so passen. Der will mich doch sowieso schon längst in ein Altenheim stecken, damit er meine Wohnung übernehmen kann.«

»So eine Frechheit!« Schlotterteich stand auf. »Diesen Herrn Halden werde ich mir mal vorknöpfen.«

»Aber bitte sei nett zu ihm, mein guter Schlotterjunge, sonst macht der mir hier noch die Hölle heiß.«

»Klar doch«, knurrte der Kommissar, trat aus der Wohnung und klingelte an der gegenüberliegenden Tür.

»Wir kaufen nichts«, sagte Herr Halden, als er die Tür geöffnet hatte. »Staubsauger interessieren mich sowieso nicht.«

»Das trifft sich gut, ich habe nämlich gar keinen Staubsauger zu verkaufen!« Kommissar Schlotterteich zeigte seine Polizeimarke vor. »Frau Gießhübel sagt, dass Sie abends bei ihr ins Zimmer gucken und sich durch ein fieses Lachen bemerkbar machen. Ich möchte Sie doch sehr bitten solche Späße künftig zu unterlassen!«

Herr Halden schüttelte den Kopf. »Das hat sie Ihnen erzählt? Die Alte gehört in ein Heim, wenn Sie mich fragen. Und Sie glauben diesen Unsinn auch noch? Wie soll ich das denn anstellen, Herr Kommissar? Wir wohnen im ersten Stock, falls Ihnen das noch nicht aufgefallen ist!«

Doch, das war Schlotterteich bereits aufgefallen. Aber er hatte auch noch etwas ganz anderes bemerkt. Deshalb sah er Herrn Halden streng in die Augen und sagte: »Ich warne Sie! Wenn Sie nicht sofort aufhören Frau Gießhübel zu belästigen, hetze ich Ihnen meine Kollegen auf den Hals: Steuerfahndung, Streifenwagen, das ganze Programm!«

Aber Herr Halden schüttelte sich vor Lachen und

rief: »Ich soll diese Oma belästigen? Das glaubt Ihnen doch kein Mensch.«

»O doch, das glaubt mir jeder«, knurrte Schlotterteich. Warum war sich der Kommissar seiner Sache so sicher?

Das versaute Solo

»Das darf doch nicht wahr sein!«, schrie die grandiose Geigerin Joanna van de Beckerhus. »Dieses Miststück hat den Schlüssel geklaut! Hilfe! Hiiiiilfeeeee! Poooooolizeiiiiii!«
Kommissar Schlotterteich wollte sich eigentlich nur bei Frau Doktor Reh-Seemann ein paar Pillen gegen Käsefüße holen, als er den gellenden Schrei aus dem Studio der begabten, berühmten und brüllenden Geigerin hörte.
»Womit kann ich dienen?«, fragte der Kommissar und zeigte ihr seine Polizeimarke.
»Ich kann meinen Geigenkasten nicht öffnen.« Joanna van de Beckerhus saß auf einem tiefroten Sofa, das altehrwürdig im Raum zwischen Klavier und Notenständer stand, und ließ den Kopf hängen. »Wie soll ich bitte für mein Konzert heute Abend üben, wenn ich nicht an die Geige herankomme?«
Schlotterteich verdrehte die Augen. Er hatte eigentlich ein Herz für Künstler, aber diese Frau schien ja eine ziemliche Macke zu haben: Wenn das Schloss ihres Geigenkastens klemmte, dann musste sie doch nicht gleich nach der Polizei rufen!

»Soll ich Ihnen vielleicht einen Klempner empfehlen?«, fragte der Kommissar.
Aber Joanna fuhr ihn an: »Das ist ein Spezialkoffer! Der ist so sicher wie ein Safe! Den würde Ihr Klempner noch nicht mal mit einem Schweißgerät aufkriegen. Mal ganz abgesehen davon, dass er dann meine Stradiwinski-Geige ruinieren würde!«
Schlotterteich zuckte mit den Schultern. »Dann rufen Sie doch den Schlüsseldienst!«
»Schlüssel, genau das ist es, Sie Schlaumeier!«
»Schlotterteich«, verbesserte der Kommissar. »Mein Name ist Schlotterteich, nicht Schlaumeier.«
»Jetzt hören Sie mir mal genau zu, Herr Schlottermeier! Wenn Sie sich nützlich machen wollen, dann fangen Sie den Dieb, der mir den Schlüssel zu meinem Geigenkasten geklaut hat! Den müssen Sie doch gesehen haben, der ist nämlich, kurz bevor ich geschrien habe, aus der Tür gestürmt!«
Schlotterteich schüttelte den Kopf. Das konnte unmöglich sein, denn dieser Flur war eine Sackgasse: Links ging's ins Studio von Frau van de Beckerhus, rechts zur Praxis von Frau Doktor Reh-Seemann. Und ihm war niemand entgegengekommen. – Es sei denn, der Schlüsseldieb wäre …
Schlotterteich entschuldigte sich kurz, stürzte über den Flur in die Praxis von Frau Doktor Reh-Seemann und betrat das Wartezimmer. Aber da war niemand.

»Wen suchen Sie?«, fragte die Sprechstundenhilfe.
»Einen Mann oder eine Frau, ich weiß nicht, ist hier soeben jemand hereingerannt?« Er hielt seine Polizeimarke hoch.
»Nein, nein, hier ist niemand. Es ist nur ein Patient da und der ist bei der Frau Doktor im Behandlungszimmer«, sagte die Sprechstundenhilfe. »Aber nein, da können Sie nicht einfach reinspazieren!«
Schlotterteich hörte gar nicht hin. Er betrat das Sprechzimmer, entschuldigte sich kurz bei der ziemlich verwirrt guckenden Ärztin und fragte: »Haben Sie hier einen Mann oder eine Frau gesehen?«
Frau Reh-Seemann musterte den Kommissar. »Sie sind doch dieser irre Polizist, oder? Wie war noch Ihr Name, irgendwas mit Trottel, oder?«
»Schlotterteich«, sagte Schlotterteich.
»Jedenfalls waren hier nur ein Mann und eine Frau, ehe Sie eingetreten sind, Herr Wachtmeister.«
»Kommissar«, verbesserte Schlotterteich, aber Frau Reh-Seemann hörte ihm gar nicht zu.
»Die Frau ist Ärztin und der Mann hat Bauchschmerzen und ist mein Patient. Reicht Ihnen das? Oder wollen Sie noch mehr wissen? Soll ich Ihnen noch die Krankenakten meiner übrigen Patienten vorlegen, Herr Schlottermeier?«
»Nein, danke, das genügt«, sagte Schlotterteich. »Ich habe schon gefunden, was ich gesucht habe.«
Was hat er entdeckt?

Der Edel-Schimmel

Vladimir war der ganze Stolz von Anke Entmann, der der Reiterhof Edel gehörte. Vladimir war ein Schimmel. Und nicht nur das. Sein Fell war leuchtend weiß, er hatte einen schnurgeraden Gang und ein ausgesprochen ausgeglichenes Gemüt. Mit anderen Worten: Vladimir war ein Edel-Schimmel. Kein Wunder, dass Anke vor Wut schnaubte wie ein Brauereipferd, als ihr das edle Tier gestohlen worden war.

»Heute Morgen war ein merkwürdiger Viehtransporter hier. Der hat bei mir Futter und Stroh geladen«, sagte Anke dem Kommissar. »Würde mich nicht wundern, wenn der Vladimir hinter meinem Rücken geklaut hätte. Jedenfalls war der Edel-Schimmel verschwunden, nachdem der Viehtransporter abgefahren war.«

»Was war denn so merkwürdig an diesem Viehtransporter?«, fragte Schlotterteich.

»Erstens die Lackierung: Er war quietschrosa. Zweitens die Ladung.« Anke schüttelte den Kopf. »Die allein hätte mich schon misstrauisch gemacht, aber der Fahrer hat mir erzählt, dass er einen Zirkus beliefert: Der hatte ein Kamel, eine Giraffe und noch mehr exotische Tiere geladen.«

Das klang nach einem einfachen Fall: Schlotterteich ließ sich eine genaue Beschreibung des Wagens geben, funkte seine Kollegen an, dass sie die Augen offen halten sollten, und hatte tatsächlich schon eine halbe Stunde später den Wagen ausgemacht.

Aber der Fahrer bestritt den Edel-Schimmel Vladimir geklaut zu haben.

»Wenn Sie mich fragen, hat diese Frau vom Reiterhof Sie nur ausgenutzt, Herr Kommissar«, sagte der Fahrer des rosaroten Viehtransporters. »Wahrscheinlich ist ihr Pferd gegen Diebstahl versichert. Jetzt versucht sie mir das anzuhängen, damit sie die Versicherungssumme bekommt.« Der Fahrer schloss den Viehtransporter auf. »Aber bitte, überzeugen Sie sich selbst, Herr Kommissar: Ich habe zwar allerlei lustige Viecher geladen, aber kein einziges Pferd. – Es ist ziemlich dreist von dieser Reiterhoffrau, so was zu behaupten.«

»Dreist, da sagen Sie was«, murmelte Schlotterteich.

Wer hat Vladimir?

Der Pausendieb

So einen schönen Opernabend hatte das Ehepaar Schlotterteich schon lange nicht mehr erlebt: Das Orchester hatte wunderbar gespielt, noch nicht mal die Hörner hatten schief geblasen, die Sänger waren großartig und auch die Kostüme waren ganz nach Schlotterteichs Geschmack.
»Herrlich, dass du endlich mal alle Verbrecher Verbrecher sein lässt«, flüsterte Schlotterteichs Frau ihrem Mann in der Pause ins Ohr.
Der Kommissar lächelte gönnerhaft, reichte seiner Frau sein Portmonee und sagte: »Hol schon mal den Sekt, ich muss noch kurz aufs Klo.«
Als der Kommissar die Herrentoilette betreten wollte, kam ein Mann mit langer Nase und Schnauzbart aus der Damentoilette gestürzt.
Der hat sich wohl in der Tür geirrt, dachte der Kommissar und wollte gerade hinter der Tür verschwinden, als ein Schrei aus dem Damenklo drang: »Haltet den Dieb!« Eine Frau kam heraus. »Haben Sie den Mann gesehen? Lange Nase und Schnauzbart?«
Schlotterteich zeigte sofort seine Polizeimarke vor und sagte: »Was ist passiert?«
»Der hat meine Perlenkette geklaut!«

Schneller als der Blitz rannte Schlotterteich hinter dem Verbrecher her.
»Da bist du ja schon, Schatz«, sagte seine Frau, die plötzlich mit zwei Sektgläsern in der Hand vor ihm stand.
»Hast du einen Typen mit langer Nase und Schnauzbart gesehen?«, fragte der Kommissar seine Frau.
»Ja, der ist hier gerade vorbeigerannt und hinter dieser Tür da verschwunden. Aber was ist denn los?«, fragte Frau Schlotterteich.
Der Kommissar zwinkerte ihr nur kurz zu und rannte hinüber zu der Tür, auf der »Kein Durchgang« stand. Er öffnete sie, düste eine extrem schmale Treppe hinauf und gelangte oben in einen Flur.
»Haben Sie einen Mann mit langer Nase und Schnauzbart gesehen?«, fragte er einen Bühnenarbeiter, der einen großen Scheinwerfer an ihm vorbeischleppte.
»Der ist bei Katharina Kehl-Kopf in die Garderobe gegangen.«
Schlotterteich klopfte an der Tür zur Garderobe der großartigen Sängerin.
»Nein!«, rief es von innen.
»Ich störe nur ungern«, sagte Kommissar Schlotterteich und zeigte ihr seine Polizeimarke.
»Dann lassen Sie es einfach.« Katharina Kehl-Kopf saß an ihrem Schminktisch und wischte sich das Gesicht mit einem Tuch ab.

»Entschuldigen Sie vielmals, Frau Kehl-Kopf. Aber ich muss Sie leider fragen, ob Sie hier einen Mann mit langer Nase und Schnauzbart gesehen haben oder versteckt halten. Der Herr hat soeben eine Perlenkette gestohlen.«
Die Sängerin schüttelte den Kopf. »Unsinn! Hier ist niemand hereingekommen! Ich brauche in meiner Pause immer absolute Ruhe. Aber bitte, Herr Kommissar, sehen Sie sich ruhig um, wenn es sein muss!«
»Nein, nicht mehr nötig«, sagte Schlotterteich. »Aber ich muss Sie leider festnehmen.«
»Mich?«, rief die Diva. »Wie kommen Sie denn auf die Idee?«

Jagd auf Harry Lunke

»So ein Super-Mist!«
Schlotterteich hatte schlechte Laune. Der berüchtigte Harry Lunke war angeblich in der Stadt. Da würde sicherlich bald etwas passieren, denn Harry war geradezu süchtig nach Verbrechen. Die Liste der Verbrechen, die dieser Ganove auf dem Kerbholz hatte, füllte ganze Aktenlager. Schlotterteich hatte sogar schon einmal eine Konferenz besucht, die herausfinden sollte, ob es irgendwo auf der Welt noch ein einziges Gesetz gab, gegen das Harry Lunke nicht verstoßen hatte. Für die Richter wäre das sehr praktisch gewesen, denn dann hätten sie Harry Lunke ganz einfach wegen ›Verstoß gegen alles‹ mit der Höchststrafe bestrafen können – ohne seine Untaten in jahrelanger Schreibarbeit einzeln auflisten zu müssen. Leider scheiterte die Konferenz an Übersetzungsproblemen.
Und jetzt war dieser Mann in Schlotterteichs Nähe und kein Kollege hatte Zeit, sich um seine Verhaftung zu kümmern. Denn die waren alle entweder als Zuschauer oder als Sicherheitsbeamte beim Halbfinale im Fußballstadion. Schlotterteich hätte sich das Spiel auch gern angesehen, aber genau damit schien Harry Lunke zu rechnen.

Wenigstens hatte der Kommissar noch den Hinweis bekommen, dass Lunke unter Flugangst litt. Und weil alle Straßen wegen des Fußballspiels verstopft, zugeparkt oder gesperrt waren, konnte er deshalb eigentlich nur mit der Eisenbahn aus der Stadt verschwinden.

Aber am Bahnhof konnte Schlotterteich nichts Verdächtiges feststellen: Niemand war bestohlen, entführt oder auch nur beschimpft worden. Der Bahnbetrieb lief in schönstem Frieden vor sich hin. Doch

Schlotterteich kam dieser Friede verdächtig vor. Aber sosehr er die Leute auch befragte und Augen und Ohren aufsperrte: Auf dem Bahnhof schien Harry Lunke nicht gewesen zu sein.

»Du bist zu misstrauisch, Schlotterteich«, murmelte der Kommissar zu sich selbst. Das war vermutlich eine Berufskrankheit. Er wollte nach Hause gehen, um sich wenigstens die zweite Halbzeit im Fernsehen anzusehen. Da erschrak er plötzlich.

»Schlotterteich, du Blindschleiche!«, flüsterte der

Kommissar. »Um ein Haar wäre dir der Fisch durchs Netz geschlüpft.« Er holte seine Handschellen heraus.

Wo hat sich Harry Lunke versteckt?

Im Hotel „Zur Verrosteten Gürtelschnalle"

»Aber das kann doch gar nicht sein.« Schlotterteich war verzweifelt. An einem einzigen Tag waren siebzehn schwarze Limousinen gestohlen worden und alle Diebstähle waren nach demselben Muster abgelaufen: Keine Spuren, keine Zeugen, und die Besitzer der Wagen hatten keine Ahnung, wie es passiert war. So etwas konnte eigentlich nur einer fertigbringen, und der saß schon seit Jahren hinter Gittern: der Schwarze Herbert. Routinemäßig rief Schlotterteich im Gefängnis an und fragte, ob der Häftling Herbert Schwarz noch in seiner Zelle säße.

»Der Schwarze Herbert?«, fragte der Kollege am anderen Ende der Leitung. »Sie meinen den Spinner, der immer schwarze Anzüge, schwarze Hemden, Socken, Krawatten und angeblich sogar schwarze Unterhosen trägt?«

»Genau den!«, antwortete der Kommissar.

»Nein, bedaure, Herr Schlotterteich. Der Schwarze Herbert ist heute nicht bei uns. Der hat einen Tag Ausgang, weil er zur Beerdigung seiner Großtante will.«

Schlotterteich runzelte die Stirn. Der Schwarze Herbert war selbst schon kurz vor der Rente und seine

HOTEL

Großtante war sicherlich schon vor Jahrzehnten gestorben. Da hatten sich die Kollegen offensichtlich an der Nase herumführen lassen. Aber der Kommissar brauchte nicht lang nach dem Verbrecher zu suchen, denn der Schwarze Herbert wohnte eigentlich immer im Hotel »Zur Verrosteten Gürtelschnalle«. Und zwar in der Kaiser-Wilhelm-Suite.

Doch der Hoteldirektor schüttelte den Kopf. »Tut mir leid, Herr Kommissar. Hier war der Schwarze Herbert nicht. Sehen Sie selbst: Die Suite haben wir schon seit Wochen nicht mehr vermietet.«

Schlotterteich nickte. Dann sah er den Hoteldirektor streng an und sagte: »Sie wissen, dass Sie Schwierigkeiten bekommen, wenn Sie den Schwarzen Herbert verstecken oder ihm bei der Flucht helfen, nicht wahr?«

Der Hoteldirektor riss erschrocken die Augen auf und rief: »Aber warum sollte ich Schwierigkeiten bekommen?«

Ja, warum?

Gefährliche Schifffahrt

Schlotterteich freute sich über seinen neuesten Sondereinsatz: Er sollte für die Sicherheit der Prinzessin von Bad Berleburg an Bord eines Kreuzfahrtschiffs sorgen. Mit einem Blick musterte er die Liste der Passagiere. Auch die Namen aller Mannschaftsmitglieder ließ er sich von der Kapitänin geben. Aber als er am Ende der Liste angekommen war, erschrak der Kommissar. Denn der Küchenchef war niemand anders als der Giftmischer Julian Kotzebube. Kotzebube hatte es schon einmal geschafft, eine ganze Schafherde samt Schäferhund und Schäfer so zu vergiften, dass ihnen allen ein grasgrüner Wolfspelz wuchs. Und ausgerechnet dieser Schuft sollte das Essen für die Gäste an Bord zubereiten?
Schlotterteich marschierte schnurstracks in die Kombüse. Und tatsächlich traf er dort Kotzebube am Kochtopf an.
»Schlotterteich, schön Sie zu sehen!«, rief der Ganove. »Wollen Sie sich vergewissern, dass ich meinem Schwur treu geblieben bin?«
Schlotterteich zog die Stirn in Sorgenfalten. »Was denn für ein Schwur?«
»Wissen Sie das etwa nicht?« Kotzebube rückte seine

Kochmütze zurecht. »Ich bin ehrlich geworden. Jawohl, Schlotterteich: Ich koche nur noch anständige Menüs – garantiert ohne Rattengift und solche Späße. Das habe ich im Gefängnis gelernt. Wollen Sie mal von meinem Gänsebraten mit Champignonsauce probieren?«
Schlotterteich schüttelte den Kopf. Diesem Braten traute er nicht.
»Ich werde Sie im Auge behalten«, murmelte er und wollte wieder hinauf aufs Deck. Aber dann drehte sich der Kommissar doch noch einmal um, holte ein Paar Handschellen heraus und verhaftete Julian Kotzebube auf der Stelle.
»Was fällt Ihnen ein, Herr Kommissar?«, rief der Koch empört. »Sie können doch nicht einfach einen friedliebenden Koch verhaften!«
»O doch, das kann ich«, sagte Kommissar Schlotterteich. »So etwas nennt man auf frischer Tat ertappt, würde ich sagen.«
Wobei hat Schlotterteich Kotzebube erwischt?

Knöllchen

Kommissar Schlotterteich war kein begeisterter Autofahrer.
»Stau, Stau, Stau. Es gibt hier einfach zu viele Autos!«, maulte er vor sich hin, als er mit seiner Frau und seinen beiden Kindern durch die Berge fuhr. »Und das soll Erholung sein? Für wen denn? Von der Luftverschmutzung mal ganz abgesehen.«
»Hör auf zu motzen!«, sagte Frau Schlotterteich.
»Fahr lieber schneller!«, rief seine Tochter.
»Mir wird schlecht«, sagte sein Sohn.
Aber da musste Schlotterteich sowieso gerade bremsen. Vor ihnen auf der Straße standen zwei Polizisten, die ihn an den Rand winkten.
»Womit kann ich dienen?«, fragte Schlotterteich.
Aber der Polizist wollte Schlotterteichs Hilfe gar nicht. Er wollte seine Papiere.
»Kein Problem«, sagte der Kommissar und händigte dem Beamten den Fahrzeugschein und seinen Führerschein aus.
»Herr Schlotterteich, Sie sind zu schnell gefahren«, sagte der eine Polizist.
Schlotterteich schüttelte den Kopf. »Ausgeschlossen. Ich fahre nie zu schnell.«

PIZZA
POZILEI

Aber die beiden Polizisten blieben dabei: »Sie sind unten in der Kurve zwanzig Stundenkilometer zu schnell gewesen. Unsere Kollegen haben uns alarmiert. Sie haben wohl das Tempo-30-Schild nicht gesehen, wie?«
Schlotterteich konnte es noch immer nicht ganz glauben. Aber natürlich war es möglich, dass er ein Verkehrsschild übersehen hatte – obwohl er normalerweise wirklich sehr aufmerksam und vorsichtig Auto fuhr.
»Das macht hundert Euro«, sagte der erste Polizist.
Schlotterteich schluckte. Und Schlotterteich guckte. Und dann dachte Schlotterteich, er habe sich verguckt. Aber er hatte sich nur verschluckt.
»Ich glaube nicht, dass ich ein Verkehrsschild übersehen habe. Ich glaube auch nicht, dass ich zu schnell gefahren bin.« Er legte den beiden Polizisten blitzschnell Handschellen an. »Ich glaube viel eher, dass ihr zwei Burschen überhaupt keine Kollegen von mir seid.«
Und er hielt den verdutzten Männern seine Polizeimarke unter die Nase.

Die Klassenkasse

»Es ist zum Ausrasten!« Die Hobby-Detektivinnen Lena, Lili und Luise hatten ein echtes Problem: Die Klassenkasse war geklaut worden.
Schlotterteich untersuchte den Klassenschrank. Das Schloss war unbeschädigt. »Fingerabdrücke?«
Lena, Lili und Luise schüttelten die Köpfe.
»Keine Fingerabdrücke, und soweit wir sehen, gibt es auch keine Kratzspuren am Schloss. Das müsste aber erst mal ins Labor. Vermutlich war da jemand mit dem Schlüssel dran«, sagte Lena.
Schlotterteich nickte.
»Es muss zwischen 9.30 Uhr und 9.50 Uhr passiert sein«, sagte Lili. »Denn um 9.50 Uhr haben wir bemerkt, dass der Schrank offen steht und die Kasse fehlt. Also genau in der Zeit, in der wir große Pause haben.«
Schlotterteich kratzte sich am Hinterkopf. »Gut, dann habe ich im Moment nur noch eine Frage: Wer hat denn alles einen Schlüssel zum Schrank?«
Die drei Mädchen sahen sich an. »Tja, das sind der Klassensprecher, Till, dann unser Klassenlehrer, Herr Isernhagen, und der Hausmeister, Herr Krum.«

Schlotterteich rieb sich die Hände. »Na, dann mal her mit den drei Tatverdächtigen!«
So einen einfachen Fall hatte sich Schlotterteich schon lange gewünscht: Die drei Hobby-Detektivinnen hatten gut aufgepasst und die Vorarbeit bereits erledigt. Jetzt musste er nur noch den Fall aufklären – wunderbar! Aber leider hatten alle drei Tatverdächtige hervorragende Alibis:
»Ich war in einer Konferenz«, sagte Herr Isernhagen. »Dafür gibt es etwa fünfzig Zeugen.«
»Ich saß die ganze Zeit vor dem Fernseher und habe mit meiner Frau Tennis geguckt«, sagte Herr Krum.
»Und ich habe die ganze Pause gegen Carsten Basketball gespielt«, sagte Till. »2 zu 14 habe ich verloren.«
Schlotterteich seufzte und überprüfte die Alibis. Es war wie verhext: Alle Zeugen, die die Tatverdächtigen genannt hatten, bestätigten deren Aussagen.
»Also noch einmal von vorn«, sagte Lena und auch Lili und Luise ließen die Köpfe hängen.
»Nicht verzagen, liebe Kolleginnen«, sagte Schlotterteich. »Wisst ihr denn wirklich noch nicht, wer's war?«
Wer war's?

Die heiße Spur

Wenn Kommissar Schlotterteich an seinem Beruf eins hasste, dann waren das Nachtdienste: Er kam sich immer vor wie ein unglücklicher Siebenschläfer, wenn er zur nachtschlafenden Zeit hundemüde durch die Stadt taumelte und Verbrecher jagen musste. »Können die denn nicht tagsüber fliehen?«, fragte sich Schlotterteich. »Dann wird man auch schneller gefasst, kommt schneller ins Gefängnis und auch schneller wieder raus.«
Aber die meisten Verbrecher waren nun mal nicht so klug wie Kommissar Schlotterteich und trieben daher nach wie vor nachts ihr Unwesen. Zwei von ihnen wären dem Kommissar fast in die Arme gelaufen, als er zu einer Bank gerufen wurde.
»Die haben Scheckkarten gestohlen und damit die Konten der Kartenbesitzer geplündert!«, hatte der aufgebrachte Bankangestellte berichtet.
Aber die Diebe waren zu Fuß entwischt und Schlotterteich war einfach nicht schnell genug gewesen. Die beiden rannten in die Altstadt und flitzten um eine Ecke, aber als Schlotterteich um die Ecke bog, war dort nichts zu sehen außer einer einsamen Katze, die ihres Wegs miaute.

»Na toll«, murmelte Schlotterteich. »Könntest du mir bitte sagen, wo die Ganoven sind?«
Aber die Katze würdigte ihn keines Blickes und lief weiter. Schlotterteich wollte schon Verstärkung anfordern oder aufgeben, als er merkte, dass er das Haus kannte, vor dem er stand. Hier wohnte doch Leo Lühmann. Und der wurde nicht umsonst Leo Lümmel genannt! Das war einer der raffiniertesten Betrüger der Stadt. Es war nur zu ärgerlich, dass man ihm bisher nie etwas hatte nachweisen können.
»Das wäre doch gelacht«, murmelte Schlotterteich und klingelte bei Leo Lümmel Sturm.
»Was ist denn?«, fragte Leo und gähnte.
»Guten Abend, die Herrschaften«, sagte Schlotterteich, als er vor den Lühmanns stand. »Sie haben nicht zufällig gerade zusammen ein paar Scheckkarten geklaut und einige Tausend Euro abgehoben?«
»Was? Wir? So eine Frechheit! So eine Unverschämtheit! Was für eine bodenlose Unterstellung! Wissen Sie überhaupt, wie viel Uhr es ist?«, keifte Frau Lühmann in die Nacht.
Leo Lühmann gähnte wieder. »Pech für Sie, Herr Kommissar, wir waren es nicht. Sie sehen doch: Wir haben schon geschlafen. Und wissen Sie was? Das machen wir jetzt auch wieder.«
Aber Kommissar Schlotterteich schüttelte den Kopf. »O nein, o nein, das ganz bestimmt nicht.«

Und schneller, als Herr Lühmann und seine Frau fliehen konnten, ließ Schlotterteich seine Handschellen zuschnappen.

Sommerdiebe

Endlich waren Sommerferien! Die ganze Stadt schwang sich in die Autos, Taxis, Züge und Flugzeuge.

»Zum Glück habe ich noch Dienst«, dachte Kommissar Schlotterteich, als er im Radio hörte, dass sich der Verkehr auf der Autobahn auf 177 Kilometern staute – in allen Richtungen.

Schlotterteich wollte sich gerade aus dem Büro in seinen Garten zurückziehen, weil in den Sommerferien sowieso wenig passierte, als er von zwei Kollegen in die Ostereierstraße gerufen wurde.

»Sieh dir das an, Schlotterteich«, sagten die Kollegen Ulrike und Uwe, die in ihrem klapprigen Streifenwagen durch die vornehme Straße gefahren waren. »Die Bewohner sind alle im Urlaub und inzwischen ist in jedes Haus eingebrochen worden.«

»Da haben sich zwei Schlitzohren zusammengetan und heute Morgen, direkt nachdem der Letzte abgereist war, zugeschlagen«, sagte Kollege Uwe. »Aber woher wussten die, dass die ganze Ostereierstraße gleichzeitig in den Urlaub fährt?«

»Das müssen die beobachtet haben«, meinte Ulrike.

Aber Schlotterteich hatte etwas ganz anderes ent-

deckt. »In Haus Nummer 14 ist nicht eingebrochen worden.«
Aber Ulrike und Uwe winkten müde ab. »Das wissen wir bereits. Der Besitzer dieses Hauses ist auch der Einzige, der nicht in den Urlaub gefahren ist. – Er ist gerade nach Hause gekommen, als die Einbrecher sich an seinem Haus zu schaffen machten, und hat den Einbruch so gerade noch verhindern können. Aber die Personenbeschreibungen von ihm sind eher dürftig.«
Schlotterteich ließ sich den Namen des Bewohners geben und pfiff durch die Zähne. »Der Wachtelmeier wohnt dort?« Er sah von Uwe zu Ulrike.
Die beiden Kollegen zuckten mit den Schultern und fragten: »Sollte uns der Name etwa etwas sagen?«
»O ja, das sollte er!« Schlotterteich marschierte schnurstracks zu dem besagten Haus. Hans Wachtelmeier war ein uralter Bekannter von ihm, den hatte er schon als Polizeischüler das erste Mal verhaftet. Eine ganze Straße auszuräubern, das sah dem Wachtelmeier ähnlich, der Typ neigte nämlich zum Größenwahn.
Als Schlotterteich bei Wachtelmeiers Haus auftauchte, stand der ehemalige Dieb schon in der Einfahrt vor seiner Garage.
»Na, Schlotterteich, immer im Dienst?«, fragte er.
»Allerdings, Wachtelmeier. Wollen Sie direkt ein

Geständnis ablegen? Dann müssen Sie diesmal nicht ganz so lang ins Gefängnis.« Aber Schlotterteich hatte sich in Wachtelmeier getäuscht.
»Ich habe mit den Einbrüchen nichts zu tun!« Wachtelmeier deutete wütend auf die beiden Polizisten, die Schlotterteich begleiteten. »Den beiden Pappnasen habe ich doch schon alles gesagt! Ich stand den ganzen Morgen im Stau auf der Autobahn. Dabei wollte ich eigentlich nur eben kurz zum Baumarkt fahren. Aber in allen Richtungen standen die Autos. Drei Stunden habe ich gebraucht, nur um in den Stau zu brausen und wieder nach Hause zu kommen. Und als ich in die Garage fuhr, habe ich diese Kerle im Garten gesehen: Der eine war groß, der andere eher klein. Aber die Gesichter konnte ich leider nicht erkennen, Herr Kommissar. Die beiden sind sofort abgehauen, als sie mich gehört haben.«
»So, so«, murmelte Schlotterteich. »Das wäre natürlich wirklich ein Alibi, wenn Sie jemand im Stau gesehen hätte.«
Wachtelmeier grinste überlegen. »Das ist kein Problem: Ich hatte ja meinen Neffen dabei. Der ist oben und kocht gerade. Er wird Ihnen alles bestätigen.«
Schlotterteich lächelte. »Genau so habe ich mir das gedacht, Wachtelmeier. Ihr Neffe ist garantiert Ihr Komplize gewesen, und das lässt sich anhand der Fingerabdrücke schnell beweisen.«

Und schneller, als der Einbrecher fliehen konnte, hatte Schlotterteich ihm Handschellen angelegt.
Warum?

Peter Müller, Schwerverbrecher

Eine von Schlotterteichs Lieblingsbeschäftigungen war es, entlaufene Sträflinge wieder einzufangen. Da wusste er wenigstens, nach wem er suchte. Und normalerweise gab es auch ein Foto und eine Liste mit Verbrechen, die der oder die Gefangene begangen hatte. So gesehen freute sich der Kommissar fast, als er den Auftrag erhielt, einen Schwerverbrecher wieder einzufangen. Aber seine Freude löste sich in Luft auf, als er hörte, dass es Peter Müller war.

»*Der* Peter Müller?«, fragte Schlotterteich noch einmal nach.

»Allerdings – genau der.« Der Gefängnisdirektor Armin Armin legte die Stirn in tiefe Sorgenfalten, schwieg eine ganze Weile und sagte schließlich: »Ich kann ihnen drei Mann Verstärkung mitgeben, Schlotterteich. Mehr kann ich unmöglich entbehren.«

Aber Schlotterteich schüttelte den Kopf. »Behalten Sie Ihre Männer, Herr Armin. Die sollen lieber aufpassen, dass nicht noch mehr Gefangene entwischen.«

Einen Mann wie Peter Müller suchte er lieber allein.

Je mehr Polizisten unterwegs waren, desto besser versteckte sich Müller. Denn Müller hatte einen Riecher für Polizisten. Er schien sie zu wittern, wie andere Leute einen Sonntagsbraten. Und obendrein war Müller ein Meister darin, sich zu verstecken. Einmal hatten Kollegen ihn in einem Hotelzimmer verhaftet, das zuvor dreimal nach ihm durchsucht worden war.

»Müller tut immer das, womit man am wenigsten rechnet«, sagte der Gefängnisdirektor Armin Armin zum Abschied.

Das war für Schlotterteich zwar nichts Neues, aber trotzdem ein hilfreicher Hinweis.

»Der letzte Ort, an dem ich ihn vermuten würde, ist seine eigene Wohnung«, murmelte der Kommissar und machte sich auf den Weg.

Tatsächlich schien er nicht so falsch zu liegen. Als Schlotterteich die Wohnungstür aufgebrochen hatte, sah er eindeutig Spuren von Müller: Der Kühlschrank lief und war randvoll mit Zitronenlimonade. Das war Müllers Leib- und Magengetränk und das sichere Zeichen dafür, dass er noch vor kurzem hier gewesen war. Und als der Kommissar das Badezimmer betrat, sah er, dass die Spur extrem heiß war: In der Badewanne war sogar noch das Badewasser! Dummerweise hatte Müller anscheinend gerochen, dass Schlotterteich ihm auf den Fersen war, und auf sein Bad verzichtet.

»Ich kriege ihn trotzdem«, flüsterte Schlotterteich vor sich hin.

Und dann strahlte der Kommissar plötzlich übers ganze Gesicht und sagte: »Ich habe ihn ja schon!«

Die Mordprobe

Schlotterteich saß gern in der Oper. Am liebsten besuchte er Generalproben, denn da war der Eintritt frei und die Ränge waren noch leer.
Aber als der Kommissar mit seiner Frau in einer Generalprobe saß, die der neue, berühmte Dirigent Hugo von Hasenfuß leitete, schoss plötzlich ein Pfeil dem Dirigenten den Taktstock aus der Hand.
»Hilfe! Polizei! Polizei! Jemand trachtet mir nach meinem Leben!«, rief der Dirigent.
»Bin schon da!« Schlotterteich sprang aus seinem Sessel auf, rannte zum Orchestergraben und zeigte seine Polizeimarke vor. »Ich bin Kommissar Schlotterteich. Keiner verlässt den Saal! Von wo kam der Pfeil, Herr Hasenfuß?«
»*Von* Hasenfuß, wenn ich bitten darf!« Der Dirigent sah feindselig ins Orchester. »Er kam hier irgendwo aus dem Orchester oder von der Bühne, ich weiß es nicht genau.«
Während Schlotterteich die anderen Zuhörer schon einmal nach Hause schickte und den durchschossenen Taktstock und den Pfeil sicherstellte, schimpfte Hugo von Hasenfuß auf das Orchester ein: »Das ist der Gipfel der Unverschämtheit! Das ist nicht nur

ein Anschlag auf meine Person, sondern auch auf mich als Künstler! Erst spielen Sie keine einzige Note wirklich richtig und nun auch noch das. Aber ich werde mich von diesem Dirigentenpult nicht vertreiben lassen! Ich werde den Schuldigen finden und einsperren lassen! Sie sollten sich schämen, meine Damen und Herren!«

»Was ist denn los?«, schaltete sich Schlotterteich ein. »Hatten Sie etwa Streit mit dem Orchester?«

Die Erste Geige erhob sich. »Allerdings, Herr Kommissar. Hasenfuß ist die nackte Katastrophe für dieses Orchester. Sie sollten ihn wegen Unfähigkeit verhaften.«

Hugo von Hasenfuß wurde knallrot vor Wut und schrie: »Sie sind so gut wie gefeuert, Frau, äh, Frau Erste Geige! Außerdem heiße ich *von* Hasenfuß!«

Aber die Erste Geige verschränkte die Arme vor der Brust und fügte hinzu: »Da sehen Sie es, Herr Kommissar: Ein Dirigent, der noch nicht mal den Namen der Konzertmeisterin kennt, der kann doch gar nichts taugen.«

»Ich bin ein Star!«, rief Hugo von Hasenfuß. »Es ist eine Ehre für dieses Orchester, dass ich mich überhaupt mit ihm abgebe!«

»Sie sind kein Star, Sie sind ein Starrkopf!«, rief der Solocellist.

»Ruhe!«, brüllte Kommissar Schlotterteich. »Ihr

Streit interessiert mich nicht. Ich will nur wissen, wer auf den Dirigenten geschossen hat.«
Aber die Musikerinnen und Musiker schwiegen eisern.
»Na gut«, sagte Kommissar Schlotterteich. »Ich finde es auch so heraus. Aber Täter, die sich freiwillig stellen, werden vor Gericht meistens milder behandelt!«
Und als sich niemand rührte, holte Schlotterteich seine Handschellen heraus.
Wer wird verhaftet?

Tante gegen Tante

»Das stimmt überhaupt nicht! Glaub ihr kein Wort, Peterle! Kein einziges Wort! Kein Sterbenswörtchen stimmt!«, keifte Tante Sophie und warf wütende Blicke auf ihre Schwester Marie.
»Sie lügt wie gedruckt! Ach, was sag ich denn da! Sie lügt wie gespuckt, wie ausgespuckt!«, schrie Tante Marie.
Schlotterteich verstand nur Bahnhof. Da saß er nun zwischen seinen beiden Tanten, die sich nie und nimmer einig werden würden. Wenn er nichts unternahm, konnte das noch tagelang so weitergehen.
»Würdet ihr mir kurz ...«, versuchte er anzusetzen, aber die beiden hörten nicht auf ihren Neffen.
»Du klapprige Lügenziege!«, rief Tante Marie.
»Ach du, du alte Diebin!«, rief Tante Sophie. »Bestohlen hat sie mich! So ist das nämlich! Dieses elende Knochengerüst!«
Schlotterteich stand auf. Jetzt reichte es ihm endgültig: »Haltet die Klappen! Alle beide!«
Da waren die Tanten stumm und starrten ihren Neffen verwundert an. Schlotterteich atmete einmal tief durch und sagte: »So, und nun erzählt ihr mir nacheinander, was passiert ist! Und zwar in aller Ruhe!«

»Aber das erzähle ich dir doch die ganze Zeit«, plapperte Tante Sophie los. »Marie hat mich bestohlen. Die ganzen Kekse hat sie weggefressen, die alte Schachtel!«
»Kein Wort stimmt davon!«, rief Tante Marie. »Und die alte Schachtel nimmst du zurück!«
»Ich habe sie auf frischer Tat ertappt, heute Nacht!«, sagte Tante Sophie. »Da war so ein verdächtiges Rumpeln auf dem Speicher. Ich bin raus, stell dir das mal vor, Peterle, mitten in der Nacht! Ich schaltete das Licht auf dem Speicher ein, und wen sehe ich da mit *meiner* Keksdose in der Hand und den Krümeln überall? Niemand anders als deine Tante Marie!«
»Lüge, Lüge, alles Lüge! Glaub ihr kein Wort, Peterle!« Tante Marie schossen vor Zorn die Tränen in die Augen. »Sie hat ihre Kekse selbst aufgegessen! Und jetzt soll ich es gewesen sein! Es war genau umgekehrt! Ich habe Sophie gehört heute Nacht. Ich konnte nämlich nicht schlafen und habe mir den Vollmond angesehen. Und was höre ich da? Jemand räumt auf dem Speicher herum und das Bett von Sophie war leer.«
Schlotterteich schwieg lange.
»Also, dass ihr wegen ein paar Keksen gleich so einen Streit anfangen müsst, finde ich ziemlich albern«, sagte er schließlich. »Aber ich finde, dass sich die Keksesserin bei ihrer Schwester entschul-

digen sollte. Und dann Schwamm drüber. Einverstanden?«
Wer muss sich entschuldigen?

Der bestohlene Dichter

»Nein, nein, nein, das darf nicht wahr sein, das ist ein böser Zauber, das ist das Ende!« Harald Töpfer, der erfolgreichste Schriftsteller aller Zeiten, stand kurz vor einem Nervenzusammenbruch.
»Was ist denn passiert?«, fragte Kommissar Schlotterteich, der in diesem dringenden Fall gerufen worden war.
»Ach, Herr Kommissar, die Welt ist schlecht. Ich weiß nicht, wer es war. Ich weiß nicht, wer so etwas tut. Ich weiß, dass mir Kollegen meinen Erfolg neiden. Aber so etwas, das ist doch wirklich mehr als eine Unverschämtheit, es ist …« Harald Töpfer, der großartige Wort- und Formulierungskünstler, rang nach Worten und Formulierungen. »Es ist unfassbar.« Er nahm die Dichterbrille von der Nase, sah Schlotterteich an und fragte: »Wie würden Sie es ausdrücken?«
Der Kommissar runzelte die Stirn. »Wenn ich nichts verpasst habe, dann haben Sie mir noch gar nicht gesagt, was passiert ist, Herr Töpfer.«
Der Erfolgsschriftsteller setzte seine Brille wieder auf. »Oh, habe ich nicht? Die Festplatte meines Computers ist gestohlen worden. Soeben. Und der

Dieb ist auch noch mit meinem Auto abgehauen! Aber das Auto kann er von mir aus behalten, wenn er mir nur die Festplatte zurückgibt. Da sind nämlich die nächsten dreiundzwanzig Erfolgsromane und die fünfzehn besten Drehbücher, die ich je geschrieben habe, gespeichert; außerdem acht Dramen, vierhundert Kurzgeschichten und meine zwei Gedichte. Können Sie sich vorstellen, was das für mich bedeutet, Herr Kommissar? Das ist das Ende, der Ruin! Das muss ein böser Zauber sein!«
Schlotterteich hatte genug gehört: Er rannte zu seinem Dienstwagen, forderte Verstärkung an und schaltete auch alle Taxifahrer ein, um den gestohlenen Wagen von Harald Töpfer zu finden. Das war nicht schwer: Schließlich gab es in der ganzen Stadt nur einen einzigen knallroten Rolls-Royce. Und tatsächlich knackte es schon fünf Minuten später in Schlotterteichs Funkgerät.
»Hallo, Schlotterteich, hier ist der Taxi-Hubert. Ich habe den knallroten Rolls-Royce gerade vor mir. Der fährt raus, Richtung Stadion, zum Endspiel.«
»Hubert, du hast was gut bei mir!«, sagte der Kommissar ins Funkgerät, schaltete das Blaulicht ein und raste mit heulender Sirene zum Stadion.
Tatsächlich sah er den Verdächtigen gerade aus dem Rolls-Royce steigen, als er am Stadion ankam. Dummerweise hatte der Dieb auch Schlotterteich bemerkt: Er rannte ins Stadion!

Schlotterteich ließ seinen Wagen stehen und sprintete hinterher.
»O nein«, murmelte der Kommissar, als er die Tribüne des Stadions erreichte. Wie sollte er den Dieb in diesem Gewimmel finden?
Aber dann sah sich der Kommissar geduldig um, holte ein paar Handschellen heraus und machte sich zur Verhaftung bereit.

Schlotterteichs letzter Fall

Schlotterteich war hundemüde, als er nach Hause kam. Er drehte noch eine kurze Runde durch den Garten, um zu sehen, ob das Unkraut auch blühte, goss seine Löwenzahnzucht, pflückte drei Blätter von diesem herrlichen Gewächs ab und fütterte damit das Kaninchen ›Hoppelchen‹. Dann schloss er die Haustür auf, zog seine Schuhe aus, wollte in die Hausschuhe schlüpfen und ärgerte sich.

»Wo ist mein linker Pantoffel?«, rief er wütend.

Aber statt einer gescheiten Antwort hörte er nur ein Gemurmel aus dem Wohnzimmer.

»Sag doch erst mal Guten Abend, wenn du nach Hause kommst«, rief seine Frau.

»Hallo, Paps«, sagte sein Sohn.

»Na, hast du alles verhaftet, was nicht niet- und nagelfest ist?«, fragte seine Tochter.

Aber Schlotterteich ließ sich nicht ablenken.

»Keine Tricks, ihr drei!«, sagte er. »Wer hat meinen Pantoffel geklaut?«

»Ich war den ganzen Tag draußen beim Fußball«, sagte Schlotterteichs Sohn. »Ich bin selbst erst vor fünf Minuten gekommen, da lag nur ein Hausschuh von dir im Flur.«

»Ich hab sowieso eine ganz andere Schuhgröße als du«, sagte seine Tochter. »Was soll ich mit deinen Pantoffeln?«
Und seine Frau schüttelte nur den Kopf und murmelte: »Schlotterteich, Schlotterteich, du musst dein Zeug eben besser aufräumen.«
Aber Kommissar Schlotterteich entging mal wieder nichts – auch nicht der Pantoffel-Dieb.
Wer war's?

Lösungen

Seite 9
Oma von Runzelsteins Rente

Der Taschendieb mit dem schwarzen Lockenkopf hat sich im Passfoto-Automat versteckt. Verräterischerweise hat er ein Foto von sich machen lassen, das der Automat gerade ausgibt.

Seite 12
Die geklaute Glotze

Die beiden jungen Männer sind die Diebe. Sie haben ausgesagt, dass einer der Täter mit der Rolltreppe runtergefahren sei, aber die Rolltreppe fährt aufwärts. Der andere hat gesagt, dass der zweite Täter den Fahrstuhl genommen habe. Aber am Fahrstuhl hängt ein Schild: »Außer Betrieb«.

Seite 15
Sabrina ist entwischt

Sabrina hat sich links von den beiden Perücken versteckt: Aber sie hat nicht aufgehört zu rauchen! Der Mann hat sich mit der Behauptung verraten, dass er keinen Lockenkopf gesehen habe und dass er Sabrina nicht kennt: Dass Sabrina Locken hat, hatte Schlotterteich ihm nicht gesagt – das hätte er also nicht wissen können.

Seite 19
Der schönste Hut der Welt

Die Frau, die den Hut gestohlen hat, steht hinten links vor dem Zoogeschäft. Ein Papagei, der in einem Käfig vor dem Zoogeschäft sitzt, knabbert an einem der echten Äpfel auf ihrem Hut herum.

Seite 23
Die verschwundene Kaffeekasse

Eine Frau, die den Laden gerade verlässt, hat zwei verschiedene Schuhe an. Einen Stöckelschuh und einen alten Stinkstiefel.

Seite 27
Kleine Fische

Der Kunde war's: Er hat sich angeblich die Schnürsenkel zugebunden, als die Silberfischchen geklaut wurden. Aber er trägt Gummistiefel. Außerdem wusste er, dass zehn Silberfischchen gestohlen wurden. Die Anzahl hatte der Verkäufer aber nicht gesagt.

Seite 31
Das Auto

Das Auto im rechten Bild am linken oberen Rand hat kein gültiges Nummernschild, sondern noch das Verkaufsschild vom Autohaus mit der Aufschrift »Schulz« und die vier Diebe kommen sicherlich bald zurück, um sich ihre Beute abzuholen.

Seite 35
Goldrausch

Der Dieb ist der Mann mit der Geige. Das Gold liegt im Geigenkasten. Die Waage zeigt das Gewicht des Kastens an: 20 Kilogramm. Eine Geige mit Geigenkasten wiegt nur 2–3 Kilogramm. Ist viel leichter!

Seite 39
Mit links

Im Bild sieht man die drei Tatverdächtigen. Unter ihnen auch Eva Rudolf, die Sekretärin. Sie hat gesagt, dass sie zur Tatzeit damit beschäftigt gewesen sei, Postkarten zu schreiben. Dummerweise hat sie aber den rechten Arm in Gips: Also ist sie die Linkshänderin und kommt deshalb als Einzige für die Tat in Frage.

Seite 43
Lasse Langfinger

Lasse Langfinger hat eine geklaute Brille auf der Nase – das Preisschild hängt noch am Rahmen.

Seite 46
Liebesbriefe

Der Ofen ist eine Attrappe, denn das Ofenrohr endet als Lampe. In diesem Ofen hat Dieter keinen Stapel Briefe verbrannt.

Seite 52
Alle Jahre wieder Ödhausen

Die Bodmers schwindeln. Im Hintergrund hängt ein Bild von den beiden: Es zeigt sie auf einer Klettertour. Sie sind anscheinend doch schwindelfrei.

Seite 57
Die Eidechse

Auf dem Bild sieht man die Dunkelkammer. Dort hängen Fotos zum Trocknen auf der Leine. Darunter auch ganz rechts ein Bild vom Pariser Eiffelturm. Frau Fesch hat Schlotterteich also angelogen.

Seite 62
Ausgetrickst

Erich Erichsen, die *Elster*, hat gelogen: Er hat gesagt, es sei ein Tor nach dem anderen gefallen. Aber auf der Anzeigetafel kann man den Spielstand sehen: Es steht eins zu null.

Seite 66
Tandem

Klaus 1 ist groß, Klaus 2 klein. Das Tandem ist so eingestellt, dass ein Sattel sehr hoch und einer extrem tief ist. Die Zwillinge hingegen sind beide gleich groß, also gehört das Tandem tatsächlich Klaus 1 und Klaus 2.

Seite 70
Hotte Hansmann

Im Wald steht eine Hütte. Sie befindet sich im Bild genau vor dem Kopf des Försters. Aus dem Schornstein steigt Rauch auf – da muss Hotte Hansmann sein.

Seite 74
Geisterstunde

Bei Herrn Halden stehen links hinten in der Abstellkammer extralange Stelzen. Wenn er die benutzt, kann er auch in ein Fenster im ersten Stock gucken.

Seite 78
Das versaute Solo

Im Bild sieht man die Röntgenbilder des Patienten und darauf einen Schlüssel in dessen Magen.

Seite 82
Der Edel-Schimmel

Auf dem Viehtransporter befindet sich ein »Zebra«, das – wenn man genau hinsieht – eigentlich ein Pferd ist, weil seine Streifen nur angemalt sind (Die Farbe am Hals tropft noch und es fehlen die Streifen auf der Stirn). Der Fahrer des Transporters hat den Pinsel in der Hosentasche.

Seite 85
Der Pausendieb

Die Nase mit dem angeklebten Schnauzbart liegt links unter einem Hut mit langer Feder auf Katharinas Schminktisch. Sie selbst war der junge Mann: Nase und Bart waren nur angeklebt!

Seite 89
Jagd auf Harry Lunke

Harry Lunke, der gesuchte Mann mit den drei Haaren auf dem Kopf, steht ganz rechts im Bild vor dem Fahrplan.

Seite 93
Im Hotel „Zur Verrosteten Gürtelschnalle“

Im Wandschrank links hinter Schlotterteich hängt an einem Kleiderbügel noch eine schwarze Krawatte von Herbert. Er muss also hier gewesen sein!

Seite 96
Gefährliche Schifffahrt

Kotzebube kocht gerade eine Champignonsauce. Aber unter die Champignons (rechts vorne) hat er einen Fliegenpilz gemischt!

Seite 99
Knöllchen

Auf dem Auto steht nicht ›Polizei‹, sondern ›Pozilei‹.

Seite 102
Die Klassenkasse

Till war's! Er hat ausgesagt, dass er gegen Carsten im Basketball verloren hat. Aber am Basketballbrett (hinten links im Bild) fehlt der Korb. Till hat gelogen!

Seite 105
Die heiße Spur

Lümmel lügt. Er hat nicht geschlafen, sondern seinen Schlafanzug schnell über seine Kleider gezogen: Unten ragt ein normales kariertes Hosenbein hervor!

Seite 109
Sommerdiebe

Wachtelmeier lügt: Zwischen seinem Auto (an der Stoßstange und am Rücklicht rechts im Bild) und dem alten Gerümpel in seiner Garage kleben Spinnweben. Herr Wachtelmeier ist in den letzten Wochen nirgendwohin gefahren!

Seite 114
Peter Müller, Schwerverbrecher

Müller hat nicht auf sein Bad verzichtet. Er hat sich in der Badewanne versteckt: Aus dem Badeschaum ragt sein Schnorchel!

Seite 118

Die Mordprobe

Die Harfenistin war's: Neben ihrem Instrument ragt ein Köcher mit Pfeilen ins Bild (links hinten).

Seite 122

Tante gegen Tante

Tante Sophie hat gelogen: Die Lampe auf dem Speicher hat keine Birne. Sie hat aber ausgesagt, dass sie das Licht eingeschaltet habe.

Seite 126

Der bestohlene Dichter

Der Gesuchte hat sich unter die Spieler gemischt. Er stürmt als Rechtsaußen mit auf das Tor zu, trägt aber kein Trikot, sondern seinen Straßenanzug.

Seite 130

Schlotterteichs letzter Fall

Die Katze war's! Sie hockt unter dem Tisch und schmust mit dem schlotterteichschen Hausschuh (rechts unten, neben Schlotterteichs Tochter).